武《ぶ》姫《き》の後《こう》宮《きゅう》物《もの》語《がたり》

筧《かけい》 千《せん》里《り》

口絵・本文イラスト
kyo

装丁
CoCo.Design 吉野知栄

CONTENTS

プロローグ

ガングレイヴ帝国の中枢といわれる帝都——その中央において存在感を示すのは、政治の中心である宮廷である。

尖塔《せんとう》を多く備えたそれは、遠目で見れば針山の群れにも見えるかもしれない。一般市民は近付くことさえできず、高位の貴族ですら許しがなければ入ることができないそこは、正門以外の全てを高い壁に囲まれているのだ。そして、正門では常に数人の兵士が目を光らせながら、入る者を検閲する。

そんな宮廷へ続く正門へ、一台の馬車が向かっていた。

本来、このように宮廷へ入る馬車は、高貴な身分である者を乗せた高級馬車《コーチ》であるか、そうでなくとも乗用馬車《キャリッジ》である。それを御者が先導しながら、馬車の窓から僅《わず》かに高貴な身分の人影が見える、というのが常識である。

だというのに、それは——荷馬車だった。

御者として美しい女が一人、馬を引いている。そして、幌《ほろ》すらない馬車はその荷物が風に晒《さら》されるままとなっており、当然ながらそこに人影などない。

「陛下のお召しにより参った」

「はっ！　戦勝の報告でしょうか！」

「いや、違う」

衛兵に敬礼をされるその女性が、首を振る。

本来、衛兵は皇族の直属兵である。そのため、どのような貴族に対しても同じように接するのだ。

そうでなければ、身分を笠《かさ》に着て荷物の検めなどを拒む貴族が出てくるのである。

だからこそ、どのような貴族にも媚《こ》びることなく、真面目に職務を行う者だけが衛兵として門前に立てるのだが。

女性はそんな衛兵に、懐から出した一枚の紙を見せた。

それは皇帝の印が押された命令書。

本来、宮廷に関係がない者が入るためには、それが必要なのだが――。

「は、はぁっ⁉」

「問題はないな、通るぞ」

「は、はいっ！　申し訳ありませんでしたっ！」

衛兵が目を見開いて驚くのを見て、嘆息しながら女性は馬の手綱を引く。

驚かれるのも当然であろう――そう、諦観《ていかん》の念を覚えながら、馬車が正門を抜けた。

女性の名は、ヘレナ・レイルノート侯爵令嬢。

同時に、二十八歳にしてガングレイヴ帝国の武の頂点とさえ言われている、八大将軍が一人『赤《せき》虎《こ》将』の副官を務めるとされる武人、ヘレナ・レイルノートなのだ。

「はぁ……」

小さく嘆息し、改めて自分がやってきた場所を見る。

宮廷——そこに、用があるわけではない。

ヘレナの目指す先は、その更に向こうなのだ。

「……何故、私が後宮になど入らねばならんのだ」

稀代《きたい》の武人、ヘレナ・レイルノート。

そんな彼女は今日——後宮へ入る。

第一話　脳筋令嬢、後宮へ入る

乱戦の中を、ひた走る一騎の将がいた。

敵味方が混在する戦場において、馬上で長柄の斧槍《おのやり》を振り回す。それは近付いてくる敵兵の首を的確にかき斬り、時にはその膂力《りょりょく》で鎧《よろい》ごと斬り伏せる。怒号と断末魔の叫びに耳を塞《ふさ》がれ、血煙と屍《しかばね》に目を塞がれたその戦場において、しかし将は無双の権化とばかりに一騎で駆け抜けていた。

「うぉぉぉぉぉぉぉ！」

雄叫びを上げながら、徐々に本陣へと近付いてゆく。その背には、まさに将に続け、と言わんばかりに士気の高まった民兵が続いていた。

ナイフでチーズを裂かれたかのように、密集陣形を保っていた敵軍が崩れてゆく。

それはまさに矢の如く疾駆し、そして一際目立つ鎧に身を包んだ大柄な男の前に立った。

ふぅっ、と鉄兜《てつかぶと》の下で、美麗な唇から小さく息が漏れる。

「……敵将とお見受けする」

「いかにも」

くくっ、と敵の将軍である男が笑う。

奇襲は完全な成功を収めた。ここより遠く離れた場所で、数え切れない怒号がぶつかり合っている。それは上官である『赤虎将《せきこしょう》』の指示のもとに行った陽動であり、敵陣へ行き着くための道筋を作る策だ。

敵軍の数は、自軍の倍に近い。

正攻法では勝利を収めることは難しいだろう。だからこそ、『赤虎将』は己の部隊を陽動のために動かし、信頼できる部下に敵本陣への奇襲を任せたのだ。

信頼には、応えなければならない。

「これは、儂《わし》もしてやられたものよな」

「首、貰《もら》い受ける」

「そう簡単に、この首が取れると思うな。儂はリファール王国が将、ガゼット・ガリバルディである！　この首が落ちるまで、我が軍の負けはない！」

男――ガリバルディが、その体躯《たいく》に見合った巨大な薙刀《なぎなた》を構える。

それは成人の男二人掛かりでようやく運べるほどの巨大さであり、力自慢ですら持ちあげることがやっとだろう。それを、既に壮年とさえ言っていいガリバルディが構えているということに、素直な尊敬を感じた。

だが、敵として出会った以上、そこに情はない。

「名乗れ、ガングレイヴの将よ」

「第一師団所属、赤虎騎士団――副官、ヘレナ・レイルノート」

「……貴様、女か」

鉄兜の下から現れたのは、返り血に塗れた美女だった。

肩ほどで揃えた金色の髪が、鉄兜の後ろから僅かにはみ出している。鼻筋まで覆った兜の隙間から見えるのは、やや吊《つ》り上がった群青の双眸《そうぼう》。形の良い唇と、鈴を転がすような声音――それは、鉄兜という無骨な装飾をもってしても、美しいと呼べるだろう。

馬を駆り、民兵を率いる姿は、かつて伝説にも残った救国の聖女すらを彷彿《ほうふつ》とさせる。

だが、そんな将――ヘレナの名乗りを、ガリバルディはしかし鼻で笑った。

「ガングレイヴ帝国も、随分と落ちたものよ。こんな女に軍を与えるなどとはな」

「これ以上、言葉はいらないだろう」

「ふん。儂と戦いたいと言うならば、せめてガングレイヴの誇る八大将軍の一人となってからにせよ。たかが副長、しかも女の首など、持ち帰った儂が馬鹿にされるわ」

「それはこちらの台詞《せりふ》だ。たかがリファールごとき小国に所属する年寄りの首など持ち帰っても笑われるだけのことよ」

「……あまり回りすぎる口は、死期を早めるぞ、小娘が」

「冥士《めいど》に片足を突っ込んだ糞爺《くそじじい》の介錯をしてやろうと言っている。喜ぶがいい」

「ほざけ、小娘が！」

ガリバルディの叫びと共に、巨大な薙刀が振るわれる。それは恐らく、まともに受ければ斧槍と馬の首ごとヘレナを切り裂くであろう一撃。

数多《あまた》の首を取ってきた、歴戦の勇士としての力――暴風のごとき薙刀の咆哮《ほうこう》を、ヘレナは斧槍をもっていなす。

まともに受ければ槍が砕けるそれを、ヘレナは細やかな動きで受け流した。力の方向と刃の向き、そして攻撃についた勢いを利用して、ガリバルディから手応えをなくす。

ガリバルディの扱う巨大な薙刀、そして巨躯《きょく》からなる膂力は、まさに剛の極み。

そしてヘレナは、そんな一撃一撃をまるで流れる水のように受け流す。その姿は、未だ若き女性の身にして柔の極みと言えるだろう。

本陣の兵士、そしてヘレナに従う民兵――その全てが、舞いのように繰り広げられる剣戟を見つめる。

「くっ……！」

「はぁっ！」

単純な膂力であれば、ヘレナよりもガリバルディの方が遥《はる》かに強い。

だが、それは膂力だけだ。

ガリバルディの振るう薙刀は、その一撃で前衛の兵を一掃することすらできる代物である。しかし武人と武人の戦いの極みにおいて、広範囲を一掃することのできる武器、というのはあまり利点にならない、というのが現実だ。

ゆえに。

「死ね小娘ぇっ！」

この程度の――たかが烏合の衆を相手にしていたがゆえに、その地位に就くことができただけの傲慢《ごうまん》な男に、負ける道理などどこにもない。

ガリバルディの上段からの斬り下ろし。上からの攻撃は、下が地面である以上受け流しようがない。

そこで、ヘレナは斧槍で正面から受け止め、そのまま手を離す。

「なっ⁉」

入れすぎた力は、突如抜かれた力に翻弄《ほんろう》され、ガリバルディ自身の体勢を崩した。そして薙刀が巨大であるがゆえに、その体勢を直すのに一瞬の隙が生じる。

そして、そのような隙を見逃すヘレナではない。

「はぁぁっ！」

斧槍を捨て、武器のない右手。それが、腰に差した剣を抜く。

足だけで馬に命令を伝え、そのままガリバルディに肉薄し。

力のままに、ガリバルディの首を刈る。

リファールにその人あり、と称えられた名将、『暴風』とさえ称された将軍の、呆気《あっけ》ない最期――。

そしてヘレナは馬を降り、ガリバルディの首を抱えて。

「者共！　勝ち鬨《かどき》を上げよ！」

戦いの終わりと、自軍の勝利を宣言した。

◇◇◇

「よくやってくれたな、ヘレナ」

「大したことはありませんよ、ヴィクトル」

敵将ガリバルディの首を取り、総崩れになった敵軍はそのままリファールへと撤退していった。

指揮官を失った軍とは脆《もろ》く、そして下がった士気はそのまま戦力の低下に繋《つな》がる。禁軍の弱卒でも、そんな軍の追撃をするのは簡単だった。

そして本陣に戻ってきたヘレナを労ったのは、ヘレナより少しだけ年上の男。

燃えるような真紅の髪と、その下にある端整な顔立ちが印象的な男性だ。

長身であるヘレナよりもさらに高い背丈と、その背丈に見合った鍛え上げた体は、まさに軍人のそれだ。しかし笑みを浮かべるその姿は、まるで子供みたいだ、という印象を抱かせるだろう。

そんな彼こそが、生ける伝説——八大将軍が一人、『赤虎将』ヴィクトル・クリークである。

「やっぱ、ガゼット・ガリバルディ自身が率いていやがったか。リファールでは、後進の育成を怠けているらしいな」

「『暴風』と呼ばれていたらしいですが、老いには勝てなかったようですね。あれなら、『青熊将《あおくま》』や『白馬将《はくば》』の方が随分と強いです」

「……比較対象が間違ってんぞ。あいつらは化け物だ」

そんなヘレナの言葉に、ヴィクトルは肩をすくめる。

確かにガリバルディは強かったけれど、ヘレナからすればもっと強い者を何人も知っている。少なくとも八大将軍で、ヘレナが勝つことのできる相手は半数だろう。最も近いこの『赤虎将』ヴィクトルには、十戦して十敗する未来しか見えない。

「だが、本当によくやってくれた。ガリバルディに対してヘレナが勝つことができるか、という点だけは賭《か》けだったからな」

「大したことはありません。むしろ、弱卒を率いて倍以上の軍勢と五分に戦ったヴィクトルこそが、称えられるべきでしょう」

「ま、お前さんにゃできねぇことだよな」

「言いましたね、ヴィクトル？」

にやにやと微笑を浮かべるヴィクトルの言葉に、ヘレナも笑みを浮かべながら返す。

そんなやり取りをする、ヘレナとヴィクトルの付き合いは十年を超える。

ヘレナが成人してすぐに軍へと入り、そのときに配属された小隊の隊長がヴィクトルだったのだ。それ以来共に昇進をし続け、気付けば立場は八大将軍の一人とその副官、という立場まで上り詰めた。

そして常に、ヴィクトルはヘレナを自分の側近としていた。だからこそ、気心の知れた仲であり、将軍であるヴィクトルを名前で呼ぶことに何の問題もない立場である。

噂では、ヴィクトルがヘレナを手放したくないから、ヘレナは最近空席となった八大将軍『紫蛇《しだ》将』に就任できなかった、という何の根拠もない話が広まっていたりする。

「ひとまず、陛下に報告しねぇとな。まさか帝都に最も近いリファールが反旗を翻すとは思わなかったはずだ。これから、忙しくなるぞ」

「ようやく任地に戻れるのですね。少数とはいえ、禁軍の弱卒を率いたものですから……赤虎騎士団を率いるのが待ち遠しいです」

「それは俺も同じだ。ひとまず、バルトロメイに預けているうちの軍へ戻ろう。どうやらアルメダ皇国の動きがきな臭《くせ》ぇらしい。バルトロメイ一人だけに任せるのも申し訳がねぇからな」

「かの『青熊将』ならば、お一人で敵将の首を挙げそうですけどね」

「まぁな」

ヘレナの皮肉に、ヴィクトルはくくっ、と可笑《おか》しそうに声を上げた。

しかし、その眼差しは鋭く、全く笑っていない。

「前帝の権威がどれほど凄《すさ》まじかったか、よく分かるな」

「……」

「崩御されてすぐに、アルメダと三国連合が動いた。加えてリファールまで動き始めたんだ。他の国も黙ってはいないだろう。未だ戦況は膠着《こうちゃく》しているが……もしどこかの戦況が敗北に傾いたら、それこそ雪崩のように押し寄せてくるだろうな。そんな状況で、あの坊ちゃん陛下がまともな判断を下してくれるものかね」

ヴィクトルが、鬱陶《うっとう》しそうにそう呟《つぶや》く。

そもそも、リファール王国との戦が起こること自体、ガングレイヴ帝国からすれば予想外の出来事だったのだ。ガングレイヴ帝国は大国であるがゆえに敵が多く、南のアルメダ皇国、北の三国連合との二正面作戦を余儀なくされ、ほとんどの戦力が南北の最前線に送られている。

そんな中で、東に位置するリファール王国からの突然の襲撃があったのだ。恐らくアルメダ皇国か三国連合、いずれかと繋がっているのだろう。まさにガングレイヴ帝国にすれば、最悪のタイミングで来られたと言っていい。

そんな二万を超えるリファールの軍に対して出すことのできたガングレイヴの戦力は、僅《わず》かに八千。帝都に常駐している禁軍のみだ。禁軍というのも名ばかりのもので、帝都に常駐しているという性質上、彼らに実戦経験はほとんどない。

誰もが、ガングレイヴの帝都が落ちる——そう感じていた。気の早い貴族の中には、他国に亡命しようとした者もいるとか。

そんな中で、八大将軍の一人である『赤虎将』、そして副官であるヘレナが偶然にも帝都にいたというのは、まさに奇跡に近い。

の、だが。

「しっかし、リファールが動いたとなれば、他の国も追随してくるかもしれねぇな。フレアキスタは従属してて、ガルランドあたりはまだましな外交関係を築いてる。だが問題は、西の砂の国——ダインスレフだな。あそこまで進軍してきたら、今度こそ帝都は落ちるぞ」

「……なるほど」

吐き捨てるようなヴィクトルの言葉に、そう頷《うなず》く。

真面目な顔でそのように頷いたヘレナをじっと見て、そしてヴィクトルは小さく溜息《ためいき》を吐いた。

「……お前、分かってねぇだろ」

「何を言っているのか分かりませんね」

「目を見て話せ。つか、その分からんことがあったときにすました顔で『なるほど』って言う癖はやめろ。いつか誤解されるぞ」

「何を言いますか」

「どうせ何も考えてないんだろうが」

「ちゃんと考えていますよ。今晩の夕食は何にしようか、とか」

「理解してねぇじゃねぇかコラ」

そう惚《とぼ》けるヘレナに、ヴィクトルは微かに笑う。

傍から見ればただの女将軍に見えるヘレナだが、その実は何も考えていない。特に少し考えるのが面倒な案件となると、すぐに思考を放棄するのだ。

だというのに、すまし顔で「なるほど」と納得したように頷くため、ヴィクトルのように気心の知れた仲でなければ、分かっていないことにすら気付かないだろう。

事実、部下の中には「ヘレナ様は全てを分かっておられる！」と心酔している者すらいるのだから。

「……まぁいい。ひとまず、陛下への定時報告を済ませて、それから南の前線に戻る。ある意味休暇の代わりだからな……出立は一週間後だ。お前んとこの近衛にも伝えておけ」

「承知しました。では、久々に実家に戻りますので、御用がありましたら家までお越しください」

「ああ……そういえばそうだったな」

ヘレナは、ガングレイヴ帝国における貴族の一員である。

とはいえ、長女であるヘレナに、その弊害は特にない。成人して早々に軍へと入ったために、政略結婚に巻き込まれることもなかった。そもそもレイルノート家当主自体、宮中侯という特殊な立場であり、宰相にして人務大臣の地位にいる。

人務大臣ということで全ての家に平等に接さねばならないため、政略結婚をする必要がないのだ。

だからこそ、ヘレナが軍に入ることも、さほど反対されなかったのだ。

だが。

「ええ。最近、何故か頻繁に手紙で、帰ってこいと何度も言われておりまして」

「まぁ、里帰りついでについてこさせたようなものだからな。本当なら、俺だけ行ってお前には現地での指揮を頼みたかったんだが」

「それについては申し訳ないと思っております」

そう、レイルノート侯爵家当主、アントン・レイルノート宮中侯――ヘレナの父から、何度も帰ってこい、と手紙が寄せられているのだ。

具体的な内容は書かれていないけれど、何らかの厄介ごとが起きているのかもしれない。だからこそ、ヴィクトルが帝都へ報告に向かう、ということで同行し、帝都での休暇を貰《もら》ったのだ。

リファールが攻めてきたときにヘレナも一緒だった偶然はそういった経緯だったが、何が起こるか分からないものだ。

「何で帰ってこいって言われてんだ？」

「さて。とりあえず帰ってこい、とだけ言われておりますので分かりません」

「あー……あれじゃねぇか？」

にやり、とヴィクトルは口角を歪《ゆが》める。

それは昔から付き合いのあるヘレナだから分かる、ヴィクトルが冗談を言うときの顔だ。そして、こういう顔をしたときのヴィクトルは、大抵ろくなことを言わない。

「お前もいい年だ。結婚しろって言われんじゃねぇの？」

「何故ですか？」

「いや、お前さん貴族令嬢だろうが。レイルノート宮中侯っていや、偉いさんだろ。そんな貴族の娘が、二十八にもなって未婚ってのはどうかと思うぜ」

「……」

ヴィクトルの言葉に、ヘレナは不機嫌そうに眉《まゆ》を寄せる。

結婚など、そんなことは考えたこともない。

ヘレナが戦場にいる限り、そのような相手など作ることはないだろう。少なくとも、自分が妻として家に居続ける未来が全く想像できない。

きっと家にいても退屈だから、鍛錬でもして過ごすのではなかろうか。

もっとも、そんな相手の当てなど全くないけれど。

「ありえませんよ」

「どうしてだ？」

「私の居場所は、戦場だけですから」

くくっ、と。

未だ返り血の残る斧槍《おのやり》を携え。

戦場にこそ居場所を求める武姫は、笑う――。

◇◇◇

「……どういうことですか」

「か、書いてある通りだ！　だ、だから離せ、ヘレナ！」

ヘレナは戦後の雑務や近衛の宿の手配などの事務を終え、帝都の南に位置する実家――レイルノート侯爵家へと戻った。

待っていた、とばかりにその帰参直後に父、アントン・レイルノート宮中侯に呼び出され、家の中にあるアントンの執務室にて渡された、一枚の羊皮紙。

それに書いてあった意味の分からない言葉に、ヘレナが導き出せた言葉はそれだけだった。

そして、同時にそんな父アントンのこめかみをしっかりと握り、そのまま持ち上げる、という罰も忘れない。

「意味が分かりません」

「まずは離せ！　痛い痛い！」

「何故、私が――！」

それは、皇家の正式な印が押された――間違いない皇家からの通達。

羊皮紙の質を考えても、偽物である可能性は限りなく低いだろう。そもそも、このような内容で偽物を作ろうと思う輩の方が少ないとは思うけれど。

これにはヘレナにしてみれば嫌がらせの類とさえ思えるものであり、現在の自分を否定するような命令が書かれているのだから。

「何故、私が後宮になど入らねばならないのだっ！」

それはガングレイヴ帝国当代皇帝ファルマス・ディール＝ルクレツィア・ガングレイヴ、及び相国アブラハム・ノルドルンド侯爵、宰相アントン・レイルノート宮中侯、三名の連名によって書かれた間違いのない命令書。

その内容は、レイルノート侯爵家令嬢、ヘレナ・レイルノートに対して、後宮へ入れ、という命令書だった。

ヘレナはその膂力《りょりょく》のまま、アントンを投げる。

ぐふっ、と壁で背中を強かに打ったアントンが、顔を歪めながら背中をさすった。

「あ痛《いた》た……し、仕方がなかろう、陛下からの命令なのだ」

「……だが、私は今軍人だ！　かの『赤虎将』の副官という立場にある！　皇族とはいえ、軍に介入する権限はないはずだ！」

「そんなものは関係ないのだ。そもそも、前帝の崩御がいつか……知っているだろうに」

「……は？　そんなもの、知らない方がおかしい。来月の十五日には、一周忌が執り行われるはず」

くっ。

「『未婚の皇帝が即位した際、伯爵位以上の貴族家は一年以内に未婚の娘を後宮に入れなければならない』……二代皇帝の独断で制定された悪法だが、それでも、法は法だ」

ヘレナは唇を噛《か》む。それは間違いのないガングレイヴ帝国の法律であり、法律書にも記載されていることだ。

皇族である以上、そこに最高級の宮医が存在する。そんな皇帝が早世することなどまずありえないし、次代の皇帝に引き継がれるまでに皇子の婚姻が決まるのが当たり前だ。だが、もしも現実となれば貴族たちの子女を皇后とすることができるかもしれない、という甘美な果実を孕《はら》んでいる。

そしてそんな悪法は、前帝の早すぎる崩御によって現実となった。

弱冠十七歳にして即位したファルマスは、皇帝としての教育を受けている最中に突如として皇位を受け継ぐことになった。それゆえに、その立場に婚約者やそれに準ずる者などおらず、皇后の座は未だ空位である。

二代皇帝の悪法に、貴族はそれこそ喜んだことだろう。

後宮に入るということは、皇帝陛下の側室に自分の娘を上げることができるかもしれないということだ。そして世継ぎを産むことになれば、国母の家系として自分たちの地位は安泰だろう。少なくとも外戚《がいせき》として政治に口を挟むことすら可能になる。

まさに、貴族にしてみれば垂涎《すいぜん》の出来事。

だが、軍人であるヘレナにそんなものは何も関係がない。

「我が家における未婚の娘は、ヘレナ……お前だけだ」

レイルノート侯爵家には、三人の娘がいる。

長女のヘレナ、次女のアルベラ、三女のリリス。

しかしアルベラは幼い頃から決められていた婚約者と結ばれ、共に暮らしている。リリスも同じく留学生として来ていた隣国、ガルランド王国の若者と恋に落ち、若くして結ばれた。

残る者は、現在二十八となり令嬢（笑）と呼んでもいいくらいに、社交界に認識されていない長女ヘレナ一人だけである。

「……父上、自分が何を言っているのかお分かりか？」

「勿論《もちろん》、分かっている」

「私は社交界のマナーを何一つ知らない。踊りも踊れないし、ドレスだって持っていない。令嬢に知り合いなどいるわけがなく、他家との繋《つな》がりも何もない。十五からずっと戦場で槍《やり》と剣を振るっており、二十八にまでなった。そんな私に、今更後宮に入れと、そう言うのですか？」

「……それ以外に何もできないのだから、仕方あるまい」

アントンは、苦々しくそう呟《つぶや》く。

勿論、これが無茶な後宮入りだということは、アントンにだって分かっているだろう。少なくともヘレナにとっては、後宮に入れ、よりも一人で一個大隊殲滅《せんめつ》してこい、の方が現実的だ。

だが、それでもアントンがヘレナの後宮行きを推す理由――。

はぁ、と大きく溜息を吐きながら、アントンが肩をすくめる。

「そもそも、私を宰相としたのは前帝だ。陛下に苦言を申し上げることも多々ある。そして……アブラハム・ノルドルンド侯爵を相国に任命したのは、現在の陛下だ」

「はぁ……。よく分かりませんが……宰相と相国の違いとは何なのですか？」

「何も変わらない。どちらも、臣下としての政務における最高位だ。国政において皇帝を補佐する者、という立場だ……つまり、現在の宮廷は最高位が二人いる、という認識でいい」

「……なるほど」

ちっ、とアントンが苦虫《にがむし》を噛み潰《つぶ》したように顔を歪める。

宮廷というのは、国政における最も重要な場所だ。最終的な決定権は皇帝にあるが、そこに付随する貴族の力、というのは無視できないものである。

少なくとも宰相であるアントンは帝国の国政を司る存在である、という責任感を持って人事を行っている。より能力の高い者が国を纏《まと》めることができるように、と考えており、それは臣下として相応《ふさわ》しい考えだ。

だが、貴族の誰もがアントンのように考えているわけではない。

宮廷とは魔窟《まくつ》だ。そこに幾多の利権が絡み、人事の一つだけでも巨額の金が動く。中にはその立場を、大枚をはたいてでも欲しがる者がいるのだ。

ノルドルンド相国がどのような人物かは分からないが、現在の皇帝によって相国という、宰相に匹敵する存在へと任命された。つまり、諫言を嫌うファルマス皇帝陛下に調子の良い言葉ばかりを並べてきたのだ、と考えていいだろう。

どう考えても、ろくな人間ではない。

「遺憾なことだが、これは宮廷内を分裂させせろ、と言っているのと同じことだ。できるならば、陛下は私を罷免してノルドルンドを宰相にしたかったのだろう」

「……なるほど」

「だが、私は前帝の遺言で、死後のファルマス陛下の補佐を任されている」

宮廷では有名な話だが、前帝ディールは自分の死後、国政についてをアントンに一任している。

それは、前帝の死の淵《ふち》――そこに呼び出されたのは、当時は第一皇位継承者であったファルマスと宰相であるアントンだった。


――どうか、ファルマスを導いてやってくれ。ファルマスよ、我が死後は、必ずアントンを頼れ。余の最期の命令じゃ……我が死後、十年はアントンを宰相とせよ。

これは公式な遺言として定められており、前帝の最期の命令だ。これを蔑《ないがし》ろにすることは、さすがに現在の皇帝であるファルマスにもできない。

だからこそ、民により良い政治を行うように、時にはファルマスへと厳しい諫言を述べることもあった。

幼いファルマスに、それは我慢できなかったのだろう。

「……お前には、本当に申し訳ないと思っている」

「父上……」

「いくら現在の皇帝であるとはいえ、理解に苦しむことだ。権力を二分するなど、それこそ宮廷を二分する行為に他ならぬ。宮廷は、それこそ魔窟、という言い方すら危ういほどだ」

権力の中枢にいるアントンにとって、現状がどれほど薄氷の上に立った政治であるか、それを身に染みて分かっている。

宮廷は今、『宰相派』と『相国派』の二つに分かれている。そして派閥を広げ、発言力を増した方が宮廷の人事を司ることになる。現在はアントンが人事を司っているが、もしも権勢が『相国派』に移れば、それこそ国の危機だ。

「加えて、ノルドルンドは後宮へ……噂の美姫であるシャルロッテを入れているのだ」

「……どなたか存じ上げませんが」

「ノルドルンドの縁戚《えんせき》の一人で、社交界でも噂の美姫だ。年齢は十六歳……陛下には、丁度良い年齢だな。こちらも、派閥の中から美姫をそれなりに入れているが……」

そこで、アントンは苦虫を噛み潰すかのように渋い顔で、ヘレナを見る。

ひとまず、ヘレナは相づちを打つだけに留めた。

「……ふむ」

「お前の役割を、理解したか？」

「私が、父上の望むように振る舞えるかは、分かりませんが」

アントンの狙い。

それは宮廷の表は『宰相派』の頂点としてアントンが、『相国派』の頂点としてノルドルンド侯爵が立つ。宮廷の裏は、『宰相派』の頂点としてヘレナが、『相国派』の頂点としてシャルロッテ令嬢が立つ。これにより均衡状態を作り上げる――。

「そうだ。恐らく、お前に陛下の寵愛《ちょうあい》は与えられないだろう。あまりに年齢が違いすぎる。だが……お前が軍人として成した名声や武力は、必ずや後宮において『相国派』に対する牽制《けんせい》になるだろう」

それはアントンにしてみれば、娘を嫁がせるよりも遥《はる》かに重い。

皇帝の寵愛など得られないであろう、ということが分かりきっているというのに、政治のバランスを保つためだけにヘレナを後宮に入れる。

要は、父親ではなく一人の政治家として、娘を利用しているのだ。

「なるほど」

「分かってくれるか？」

「ええ」

だが、ヘレナはそう承諾する。

これ以上ごねたところで、未来は何も変わらない、と判断してくれたのだろう。そこに、アントンは安堵《あんど》した。

ヘレナの上官には――ヴィクトルには、申し訳ないけれど。

「では父上、後宮に入るための準備は、父上の方でお願いします」

「わかった」

「それから、父上の命令で構いませんので、ヴィクトルを……『赤虎将』を、最前線に戻してください。私が後宮へ入る旨は、後ほど書面で報せます」

失礼します、と言ってヘレナは父の執務室を出る。

そしてその端整な顔で、眉根《まゆね》を寄せて、首を捻《ひね》った。

何となく分かっている振りをしていたけれど、権力の中枢のことなんて何も分からない。

アントンの言葉も、途中からほとんど分からないので聞かなかった。

何だか「分かってくれるか」とか何とか言われたから生返事を返してしまったけれど、本当にそれで良かったのだろうか。

「ふむ……」

とりあえず、ヘレナに理解すべきことは、自分が後宮に入る、という一つだけでいい。

あとはアントンが何とかしてくれるのだろう。

「……私にできる役割。ええと、陛下に剣を教えるとか、か？」

かくして。

脳まで筋肉で支配された武姫は、己のやるべきことなど何も理解することなく、後宮へ入ることになった。

第二話　脳筋令嬢、後宮入り初日

一人では持て余す程度に広い部屋の端に、大きめの寝台が一つ。中央には一人掛けのソファがテーブルを挟んで対面するように設置されている。花瓶の一つをもってしても、平民の一ヶ月の給料が丸々吹き飛ぶ代物であり、照明のシャンデリアに至ってはその値段すら想像がつかないだろう。

そんな豪奢《ごうしゃ》な部屋は、ガングレイヴ帝国宮廷の裏手に存在する、後宮と呼ばれる建物の一室だ。

「……むぅ」

ソファに腰掛け、ヘレナは小さくそう唸《うな》った。

今日、ヘレナは後宮へ入った。アントンから話を聞いて三日目、という素早さである。恐らくヘレナがどう返事をしようと、アントンは決して退かなかっただろう。準備万端であったがゆえの速さだ。

一人では持て余す広い部屋。

その中央に、たった一人だけでいるのは、あまりに寒々しい。

「壁の装飾品は高そうだから、懸垂をするには不向きか。シャンデリアに当てるわけにもいかないから、剣も振れない。しまった。これでは腕立て伏せと屈伸、腹筋くらいしかできないではないか。くっ……せめて誰かを連れてきていれば、肩車をして屈伸をするのに」

規則で、後宮入りをする令嬢は、雇っている侍女を一人随伴させて良いと決まっている。基本的に一人までとされており、それは一人必ず連れてこい、という訳ではない。

そして、特に世話をされていることに慣れていないヘレナは、レイルノート家の女中を連れてこようとは思わなかった。元より四六時中戦場にいるわけだから、ヘレナが気を許せる女中など家にいない、というのもその理由の一つである。

だが、こんな豪勢な部屋に入りながら、考えるのは鍛錬のことであるあたり、ヘレナの残念さは留まるところを知らない。

「しかし、まさか父上が私を『三天姫《さんてんき》』の一人にねじ込むとは……」

後宮内には、圧倒的な身分の差が存在する。

それはヘレナの出自である侯爵家という家名も然り。だがそれ以上に、『三天姫』『九人《くにん》』『二十七婦《にじゅうしちふ》』『八十一女《やそいちめ》』という四つの階級に分かれる立場の差がそれだ。

三天姫とは、『陽天姫《ようてんき》』『月天姫《げってんき》』『星天姫《せいてんき》』の三名だ。

この三名は、それぞれ正妃に最も近い立場とされる。だからこそ与えられた部屋も豪奢であり、他の側室の部屋と比べれば広すぎる、とさえ言えるだろう。

ヘレナは三天姫が一人――『陽天姫』。

自分が姫、と冠されて呼ばれるということには違和感しか出てこないけれど、公式的にそうなっているのだから仕方ない。

ひとまず、考えてもどうしようもない。じっとしていても居心地が悪いし、少し腕立て伏せでもして落ち着こう。

そんな筋肉な考えと共に、ヘレナは立ち上が――ろうとして、そこで部屋の扉がノックされた。

「失礼いたします、『陽天姫』様」

応じた言葉と共に入室してきたのは、ヘレナよりも二十は年上であろう女官だった。顔に深く刻まれた皺《しわ》と、鋭い眼差し。しかし若い頃はさぞかし美人だったのだろう、という名残は残っている。

そんな女官が、まさに女官の鑑、とさえ言えるほどの流麗な動作でヘレナへと頭を下げた。

「後宮の女官長を務めております、イザベル・アクレシアと申します。後宮での生活に不備などございましたら、わたくしまでご一報くださいませ」

「あ、ありがとうございます、イザベル様」

「失礼ですが『陽天姫』様……三天姫が一人である『陽天姫』様は、陛下に正妃がおられない限り、その立場は正妃と全く変わりません。どうか、わたくしのような下々の者にまで謙《へりくだ》られぬよう、お願いいたします」

おっと、とヘレナは自分の失言に目を泳がせる。

とりあえず相手を様付けで呼んでおけばどうにかなるよね、と勝手に思っていたけれど、『陽天姫』という位置にいるヘレナにとって、イザベルに対して敬称をつけるのはおかしかったようだ。

正直面倒極まりないが、身分とはそういうものなのだから仕方ない。

「それは失礼いたしました、イザベル」

「どうかそのように、謙った物言いもできればおやめください」

「む……ええと、すまない。イザベル」

「はい。そのようにこれからも振る舞っていただければ幸いです」

女官長――イザベルは頭を上げ、それからこほん、と咳払《せきばら》いをする。そのような所作でさえもやはり流麗なのは、イザベルがそれだけ良い出自の女官であるという証だろう。そして、皇帝の威厳そのものである後宮をまとめている、という手腕によるものだとも言える。

色々とヘレナも取り繕っているけれど、恐らくイザベルと並べば簡単に露呈してしまうだろう。というか、している。

「『陽天姫』様は、侍女をお連れになっていない、と伺いましたが」

「自分の身の回りのことならば、自分でできるからな」

「なるほど……ですが、正妃候補としてそのお考えは慎んでいただきたいと思います。早急に、『陽天姫』様の部屋付きの女官を手配いたしますわ」

「あ、ああ……よろしく頼む」

イザベルの有無を言わせぬ迫力に、思わず仰け反ってしまう。

ヘレナの方が立場としては上だが、恐らくこれを拒否することなどできないだろう。万の軍勢を相手にするよりもやり辛い。

将軍の素質あるんじゃないだろうか、などとどうでもいい考えが過って。

「我々、女官一同も『陽天姫』様のご活躍に期待しておりますので」

「……は？」

思わぬイザベルの言葉に、そうヘレナは間抜けな返事しか出てこなかった。

特に後宮の女官が期待するようなことを、ヘレナはしていない。もしかして、元軍人である、という経歴が何か救いになるのだろうか。もしかして、女官の武術指導をしてくれとか。だがそれは、ヘレナの知る限りどう考えても側室の仕事ではない。

だがそこで、イザベルはおほほ、と口に手を当てて笑った。

「わたくし達は後宮を管理している女官ですわ。表の政治事情も知っております。アントン・レイルノート宮中侯が、どれほど心を痛めているのかも分かっておりますわ」

「……」

「ノルドルンド侯爵との対立は、宮廷を二分するものだとか。ですが、三天姫の一つである『月天姫』に縁戚のシャルロッテ・エインズワース伯爵令嬢が位置したことで、ノルドルンド侯爵の発言力が強まっております。しかし、ここで『陽天姫』にレイルノート宮中侯の息女であるヘレナ様が入られたことで、戦況は五分になっているのだとか」

「なるほど」

そう答えるが、当然ながらさっぱり分からない。

何故、表の政治でアントンとノルドルンド侯爵が揉《も》めていて、後宮に自分が入ったことで戦況を覆しているのか。

どうやらヘレナの考えている以上に、政治の世界というのは奥が深いらしい。

「ええ。『月天姫』様はノルドルンド侯爵の縁戚でしかありませんが、『陽天姫』様はレイルノート宮中侯の息女ですから。どちらが宮廷において強い力を持つかは、言わずともお分かりでしょう」

「……そ、そう……うん、そうだな」

イザベルの言葉に、ヘレナは分からないままでそう返す。

だが、ヘレナが『陽天姫』となったところで、現状など特に変わらない気がする。皇帝がこの部屋へ来ることなどないだろう。

ヘレナは二十八歳。現皇帝のファルマス・ディール＝ルクレツィア・ガングレイヴは十八歳だ。その年の差は実に十歳。

十歳も年上のヘレナなど、ファルマスからすれば完全にとうの立ったオバサンにしか過ぎないのだ。

「確実に、『陛下がレイルノート侯爵令嬢を正妃候補にした』という事実は広がるでしょう。陛下が宰相を疎んじているのは噂に高いですが、それほど疎んじている宰相の娘を正妃候補にした、ということはそれだけ価値が高いのではないか、と」

「……い、いや、その……私には、よく分からないのだが」

「これまで社交界に関わってこられなかったと聞きますからね。別段、無知は恥ではございません。これから学んでいけばよろしいのです」

分からないことを正直に言ったけれど、どうやら謙遜《けんそん》的な感じに受け取られてしまった。

そこで、おおっと、とイザベルはわざとらしく声を上げる。

「申し訳ありません、『陽天姫』様。随分と長居をしてしまいました」

「いや、構わんが……」

「お困りのことがございましたら、部屋付きの女官かわたくしまでお知らせください。それから――」

そこで。

イザベルは、特大の爆弾を落としていった。

「──今宵、陛下がこちらへお渡りになります」

◇◇◇

どうしてこうなった。

ヘレナの心を占めるのは、そんな疑問だ。どうやら今夜、現皇帝ファルマス・ディール＝ルクレツィア・ガングレイヴがこの部屋へ来るのだとか。

そして皇帝が後宮の一室を訪れる、という意味について分からないほどに、ヘレナは子供ではない。

勿論《もちろん》、何の経験もないために想像の域を超えない行為ではあるが、少なくとも夜の暗がりの中でしかできない行為に及ぶことは間違いあるまい。

ひとまず心を落ち着かせるために腕立て伏せを二百回こなして、ヘレナは額に滴る汗を乱暴に手で拭《ぬぐ》った。

「うぅむ……」

体を動かし、いい汗を流したことで少しはすっきりしたけれど、とはいえ目下の問題点は何一つ解決していない。

皇帝陛下が訪れる、ということは少なからずもてなす必要があるだろう。そしてもてなすためには、酒だとか料理だとかが必要になってくる。幸いにして部屋の隅に簡易な台所はあるため、何かつまみになるようなものを作ればいいだろう。

材料は厨房《ちゆうぼう》に分けてもらって……いや、それなら厨房に何か作ってもらうように頼んだ方が早いのではないだろうか。

色々と斜め上になってゆく思考に、あーっ、とヘレナはもう一度考えを放棄して、腕立て伏せを百回追加した。

「さて」

都合三百回の腕立て伏せを終了し、ヘレナは立ち上がる。

今夜、ここに皇帝陛下が訪れるらしいけれど、未だ太陽は高く昇っている昼間だ。今から悩んでいたところで仕方がないだろう。

ならば、今できることをすべきだ。

「まずは……やはり、挨拶《あいさつ》回りか」

新人として最も大切なのは、挨拶である。

甘やかされて育てられた貴族の子息などは、軍に入った後も傲慢《ごうまん》に振る舞うことが多い。そのために先輩に対しての挨拶すらも行わないのだ。比べて、子爵や男爵といった下級貴族の子息は軍で功績を上げげて、実家を助けるという目標を持っているため、礼儀礼節をしっかり守っている。だからこそ、先輩に対しても挨拶を欠かさない。

そして、そんな二人の新人がいれば、先輩が可愛がるのはどちらかなど一目瞭然《いちもくりようぜん》だろう。

ヘレナだって、かつては慇懃《いんぎん》無礼な貴族の子息を徹底的に虐め、素直な民兵を可愛がったこともある。それだけ、対人関係において傲慢にならないことは大切なのだ。

そのためにも、まず行うのは挨拶回りである。

「では、近所の部屋から回っていくか」

挨拶回りというのは、自分の存在を紹介すると共に友好的な姿勢を見せることで、相手の警戒心を解く効果もある。

ヘレナは軍に在籍していた期間が長く、それだけ社交界から離れているのだ。恐らく全く、ヘレナのことは認識されていないと思っていい。今回訪問することで、「こんな令嬢（笑）もいるんだよー」くらいに認識してもらえればいいだろう。

本来ならば侍女の一人でも連れていくのが当然なのかもしれないが、生憎《あいにく》ヘレナ一人しかいないため、身一つで行くことにする。

何か手土産でも持っていく方がいいのだろうか、とひとまず持ってきた荷物を見て、生活用品と酒くらいしか持ってきていないことに気付く。何か贈り物になりそうなものは特に持ってきていないし、酒は自分で飲むために持ってきたのだ。

ま、いいか。

ひとまずそう判断して、ヘレナは手ぶらのまま部屋の外へと出た。

◇◇◇

部屋を出てすぐに、ヘレナの部屋の入り口と同じような扉があった。

「ふぅ……」

軽く息を整えて、それからノックをする。

少しだけ待つと共に、扉の向こうから女性が姿を現した。

「どちら様でしょうか」

「失礼しま……ごほん。私は、今日から隣の部屋にやってきた者だ。ご主人は在室か」

格好からして、恐らく侍女だろう。

先程の女官長とは、制服が異なる。ということは、恐らくこの部屋の主が個人的に雇っている侍女なのであろう。つまり、身分的にヘレナよりも下となる。

女官長に言われた通り、下手に謙ってはいけないだろう。

だからこそ、自分が『陽天姫』であり『正妃扱い』であるということを考えて、口調を整える。

侍女はそんなヘレナの言葉に一瞬びくっ、と体を震わせ、それから、「少々、お待ちください！」と言って扉を閉めた。

何か間違えたかな、と思いつつ、暫し扉の前で待つと。

「シャルロッテ様が、お会いになられるとのことです！　中へどうぞ！」

すぐに扉は開き、先程の侍女がもう一度出てきて、そうヘレナを促す。

間取りとしてはヘレナの部屋と何も変わらない、やや広めの部屋。その中にある、テーブルを挟んで一人掛けのソファが対面しているのも、ヘレナの部屋と全く同じだ。

強いて違うところを述べるならば。

そのソファに、優雅にカップを傾けている美少女が座っていること。

そして――その周囲を十人からなる侍女が囲んでいること。

「ようこそいらっしゃいました、レイルノート侯爵令嬢……『陽天姫』様とお呼びした方がよろしい

ですの?」

「ご随意に」

「どうぞ、お座りください。誰か、『陽天姫』様にお茶をお出ししますの」

ヘレナにソファへ座るよう促して、それから侍女へ指示を出す。その所作は、まさに貴族令嬢といったところか。所作の一つ一つに優雅さがにじみ出ている。

縦に巻かれた、輝く白銀の髪。そして、そのように輝く髪にも負けていない、端整な顔立ちと深く澄んだ瑠璃色《るりいろ》の瞳《ひとみ》が印象的な少女である。着ているドレスもまた可憐《かれん》なものだが、あまりに美しいその姿は、ドレスが霞《かす》んで見えるほどだ。

だが。

「私の名前をご存じで?」

「ええ、存じ上げておりますの。ヘレナ・レイルノート様でしょう? 宮中侯アントン・レイルノート様のご息女で、軍人でいらっしゃると聞きましたの。パーティなどでお見かけすることがなかったですし、お初にお目にかかりますの」

「そうですね。残念ながら、私はただご近所に挨拶に来たようなものでして、お名前を知らないのです。お教え願えますか?」

ぴくり、と目の前の令嬢の眉根《まゆね》が動く。

素直に知らないと言っただけなのに、まるでこちらを観察しているかのように、その態度には明らかな敵意が漂っていた。

「……確かに、こちらが一方的に知っているだけでしたの。『陽天姫』の位置に誰がなるのか、それが最近の茶会での話題でしたの。まさか宮中侯のご息女がご自身で来られるなど、思いもしませんでしたけど」

「はぁ」

「失礼ですが、年齢は二十八とお聞きしておりますの。そのお年で後宮に、とはレイルノート侯爵様に止められなかったのですか？　陛下は御年十八ですし、さすがに十も年上の側室というのはちょっと……」

ひらひらとしたドレスの袖《そで》で口元を隠しながら、くすくすと笑う令嬢。

そんなことはどうでもいいから、さっさと名乗れ、とは言えないヘレナは、乾いた笑みを返すだけだ。

ひとまず、紅茶を一口啜《すす》る。だが、残念ながらヘレナにはいい紅茶なのかどうかさっぱり分からなかった。

「そのお茶、いかがです？　実はアルマローズの貿易港から入手したものですの。この渋みと一緒に甘みがやってくるのが、最近の茶会では好評ですの。ああ、それと……」

「そろそろ、お名前を教えていただきたいのですがね」

益体もない話の羅列に、少しだけ苛立《いらだ》ってきたヘレナが、そう令嬢に告げる。

有無を言わせぬ、という形で少しだけ殺気を混ぜた。それだけで、令嬢はよく回る口を閉じる。

ヘレナ自身は気付いていないが、十年以上も戦場に身を置いた彼女の殺気は、心の弱い者ならば気絶する程度に鋭い。

事実、周囲で侍女であろう者が一人倒れるのが視界の隅に映った。

「……そ、そうですね。申し遅れました。わたくし、相国であるアブラハム・ノルドルンド侯爵の従弟《いとこ》にあたりますフィリップ・エインズワース伯爵が三女、シャルロッテ・エインズワースですの。ノルドルンド侯爵の従姪《じゅうてつ》にあたりますの」

「ほう、あなたがシャルロッテ様ですか」

「ええ……むしろ、『陽天姫』様にはこう名乗った方がよろしいです？　わたくし、『月天姫』の位をいただいておりますの」

ふふ、と微笑む姿は、確かに社交界でも名高い美姫である。

確かアントンの言葉では十六歳とのことだったけれど、それでこの美貌《びぼう》だというなら、皇帝陛下などすぐに落ちるのではなかろうか。

まぁ、とりあえず名前を聞くことはできた。

あとはこれから、どう仲良くなるか、というだけだ。

軍の中で仲良くなるのならば、とりあえず酒でも飲み交わしていればいい。だが、令嬢と仲良くするにはどうすればいいのだろう。

と、そこでふと気になった。

侍女が随分と多いものだ。

「そういえば『月天姫』様、随分と侍女の数が多いようですが」

「……それが、どうかしましたの？」

「確か後宮の規則では、侍女は一人だけ随伴を許す、と決まっていたはずですが」

ヘレナは誰も連れてこなかったが、確か一人まで、と決まっていたはずだ。だというのに、シャルロッテの部屋にいる侍女は十人。

こんなにも、分かりやすい規則違反をしていいのだろうか。

「た、たったの一人では、わたくしの身を守ることなどできない、と相国閣下が遣わした者ですの」

「そうだったのですか。規則違反は、あまり良くないと思うのですがね」

「あなたには関係ありませんの！」

「……それは失礼」

軍人としてのヘレナにとって、軍規を破ることは大罪だ。

だからこそ、このようにやんわりと注意をしたつもりなのだが、どうやら触れてはいけなかった部分らしい。

随分と幼いようだし、注意と叱責の区別がついていないのだろう。

ヘレナにしてみれば、「女官長にばれたらやばいよー」くらいの忠告だったのだが。

「では『月天姫』様、これからよろしくお願いします」

「え、ええ、こちらこそよろしくお願いいたしますの、『陽天姫』様」

とりあえず、シャルロッテは仲良くしてくれそうだ。

やはり、まずは友誼《ゆうぎ》の印、ということで握手をすることから始めるべきか。

そう思い、ヘレナは右手を差し出す。

「……？」

だが、そのようにヘレナが差し出した手を、シャルロッテは不思議そうに見て、そして眉根を寄せた。

　む、とヘレナもまた眉《まゆ》を寄せる。

「……何ですの？」

「友好の印に握手を、と」

「いえ、結構ですの」

　だがシャルロッテはそう首を振り、ヘレナの差し出した手を握ろうとしない。

　仕方なく少しだけ唇を突き出して、手を引く。

　郷に入っては郷に従えとも言うし、握手という手段が間違っていたのかもしれない。だが、かといってどうすればいいのかは分からないが。

　しかし――シャルロッテのその態度は、少々いただけない。

　普通の令嬢ならば、こちらからの友好を示した態度に対して拒否をするような真似をされたら怒るだろう。

　十歳以上年上のヘレナから、やんわり注意してあげるのも優しさだ。

「ですがまぁ、少しは人と合わせる、というのも必要ですよ。円滑な人間関係を築くには、時に自分が折れることも大切です。心に留めておいてください」

「わたくしに命令をしますの？」

「忠告ですよ。人と足並みを合わせない者は、戦場では死んでゆくだけですから」

　ヘレナは十年以上も軍に所属し、そこで死んでゆく同胞を何人も見てきた。

　勿論《もちろん》、戦場で生き残るには運が必要だ。だが、それ以上に仲間との連携こそが最も重要なのだ。

一人で勝手に先走る者は、大抵早死にする。同じように、人と合わせない者も勝手に行動し、戦場で散るのだ。

だからこそ、そう忠告したのだが。

だが――シャルロッテは、露骨に眉根を寄せた。

「そんなこと、関係ありませんの！」

「いや、それは……」

「ここは後宮ですの！　戦場など何も関係ありませんの！」

それもその通りだ。

ヘレナは軍になぞらえて説明したが、逆にそれがシャルロッテの反発心に火を点けたのかもしれない。妙に強い語気で睨《にら》みつけるシャルロッテに、思わず肩をすくめる。

「それもそうですね……これで失礼します。これからお隣同士ということで、よろしくお願いします」

「ふんっ！」

あーあ、と心の中だけでヘレナは舌を出す。

できれば仲良くしたかったのだけれど、最後に注意をしたのが不味《まず》かったらしい。さすがに十六になったばかりの女の子では、注意と叱責の区別はつかないのだろう。

女官長に知られたら何か罰が加えられるかもしれないのに。

それより少し腹が減った。夕餉《ゆうげ》はいつ出てくるのだろう。

など。

そんな風に、『月天姫』の部屋から出るまで。

ヘレナの心は益体もない思考で占められ、部屋を出るまでに与えられた殺気混じりの鋭い視線には、気付かなかった。

◇◇◇

『月天姫』シャルロッテ・エインズワース嬢の部屋を出て、ひとまずヘレナは自分の部屋の前へと戻った。

シャルロッテの部屋はヘレナの右隣であり、そして同じ造りの扉が左隣にも存在する。片方に挨《あい》拶《さつ》をして、もう片方には挨拶しない、というのもまずいだろう。恐らく部屋の造りから考えるに、右隣が『月天姫』なのだから、こちらは『星天姫』なのだろうな、という予想はつく。

とはいえ、先程のように失敗をするわけにはいかない。最後のシャルロッテの様子から鑑みるに、確実にヘレナは嫌われただろう。もしかすると、余計なことを言うおばさんとでも思われたかもしれない。

まぁ、シャルロッテくらいの年齢からすれば、自分はおばさんだ——そう諦《あきら》め半分に、ひとまず左隣の部屋の前へと立つ。

心を落ち着かせるために腕立て伏せでもしようかと思ったけれど、残念ながらここは廊下である。さすがに人が通るかもしれない場所で鍛練をするほどに、ヘレナは女を捨てていない。

「さて、じゃ行くか……」

控えめに、豪奢《ごうしゃ》な扉を叩《たた》く。

するとと先程と同じく、やはり侍女らしい、女官とは異なる制服を着た少女が出てきた。

「は、はい？」

「今日から隣にやってきた、ヘレナ・レイルノートという。主人は在室か？」

「は、はい！　少々お待ちください！」

扉が閉められ、どたばたと中でざわめく音。先程のシャルロッテの部屋にいた侍女よりも、少々そそっかしいようだ。

とはいえ、それだけ誠実であるのだろう。ヘレナはなんとなく好感を覚えながら、扉の前で待つ。

暫くして扉が開き――迎えてくれたのは、先程の侍女とは異なる少女だった。

「ようこそいらっしゃいました、レイルノート侯爵令嬢様」

シャルロッテも社交界における美姫と称されるだけあって美しい少女だったが、こちらもまた可憐な令嬢だった。

背中に垂らした漆黒の髪は、黒という重い色でありながらにして可憐さが勝る。顔立ちはぱちくりとした瞳にすらりとした鼻筋、小さな桜色の唇、とまさに絵に描いたかのような美少女である。

纏《まと》っているのは、恐らく部屋着であろう簡素なドレス――しかし、シャルロッテのような高飛車さを感じさせないのは、春が舞い降りたかのようなその顔立ちゆえだろうか。

「え、ええ……突然の訪問、申し訳ない。今日から、隣の部屋に住むことになった、ヘレナ・レイルノートと申します」

「こちらこそ、よろしくお願いいたしますわ。あたくし、マリエル・リヴィエールと申します」

「……リヴィエール？」

ヘレナは自分の頭の中にある、貴族の一覧を捲《めく》る。しかし、そこにリヴィエールという名はない。ヘレナ自身が社交界から去って長いために覚えていないだけなのかもしれないが、覚えていないということはそれだけ小さな家なのだろう。

己の無知を晒《さら》すようだが——。

「ああ、ご存じないのも仕方ありませんわ。あたくしの家は、父の代から男爵位を与えられておりますの。成り上がりの貴族、と言われておりますわ」

そんなヘレナの逡巡《しゅんじゅん》を見たのか、そう説明してくれるマリエル。

そして、中へどうぞ、と促してくれた。

「爵位としては、レイルノート侯爵令嬢様と対等に話せるような身分でないということは百も承知ですが、ここは後宮でありますし、あたくしが『星天姫』を頂いたことでこのような口を利くことをお許しください」

「いやいや、私も実家とはほとんど関わりもなく、社交界のことは何一つ知らない素人《しろうと》に過ぎません。マリエル嬢の名を知らなかったことを、心よりお詫《わ》びします」

「ありがとうございます、『陽天姫』様」

ソファを勧められ、そして先程の侍女がぎこちない動きで紅茶を差し出す。やはりこの部屋にも、侍女が四人いた。そんなに堂々と規則違反をしていていいのだろうか。

ヘレナは勧められるままにソファへと腰掛け、そして対面してマリエルも座った。

「それで、『陽天姫』様。あたくしに何のご用向きでしょうか？」

「いや、恥ずかしながら……私は今日から後宮に入りました。先達である『星天姫』様にご挨拶をと思いまして」

「それはご丁寧に、ありがとうございます。何かお困りのことがございましたら、何でもお聞きくださいな」

うふふ、と微笑む姿は、まさに天使か女神の化身か。

三十も近くなったヘレナには、あまりに眩《まぶ》しい微笑みである。

「ありがとうございます、『星天姫』様。では、早速で申し訳ないのですが、二、三お聞きしたいことがありまして」

「あたくしで答えられることでしたら、どうぞ」

「では……」

ヘレナの抱いている最大の懸念は、今夜だ。

陛下――ファルマス皇帝が、ヘレナの部屋へとやってくる。どのように応対するのが貴族として正しいのか、ヘレナには全く分からない。

ここは年下だけれど先輩であり、社交界に詳しいであろうマリエルに聞くのがいいだろう。

とはいえ。

「ええと……『星天姫』様のお部屋に、陛下がお渡りになられたことは、あるのですか？」

ここで正直に、「今夜陛下が来るんですよ」とは言えない。

マリエルの人間性は分からないけれど、後宮にいる以上、皇帝の寵愛《ちょうあい》を求めているのは間違いあるまい。そんな状態で自分の部屋に皇帝がやってくると教えることは、ヘレナに対する嫉妬《しっと》を生む可能性が高いだろう。

だから、あえて婉曲に切り出す。

しかし、そんなヘレナの言葉に。

マリエルは——すっ、と目を細めた。

「……残念ながら、『星天姫』を頂いてから、陛下がお越しになられたことはありませんわ」

「えっ」

「恐らく、陛下もお忙しいのでしょう。聞けば、『月天姫』様のところにも陛下の訪れはないとか。あたくしも、いつでもご寵愛をいただけるように湯浴みを欠かさず行っているのですが……」

まずい。

ヘレナの心の中で、激しく警鐘が鳴る。

——今宵、陛下がこちらへお渡りになります。

イザベルから伝えられた、今晩の予定。

ヘレナは恐らく、ファルマスが好色なのだろう、と思っていた。だからこそ、初めてやってきた側室であるヘレナに手をつけるために、今晩やってくるのだろう、と考えていた。

だが事実として、この美しい『星天姫』にも、あの美しい『月天姫』にも、皇帝は未だ手を付けていない。

だというのに、ヘレナのところへとやってくる——。

「そ、そうでしたか……。申し訳ありません」

「いいえ、とんでもないですわ。同じ側室として、陛下のご来訪は気になることでしょうから」

「私はこのように陛下よりも遥《はる》かに年上ですので、ご寵愛をいただけることはないでしょう。『星天姫』様や『月天姫』様の方が、私よりも遥かに若く美しいですし」

これはヘレナの本音だ。ヘレナのどこにも、シャルロッテとマリエルに勝てる要素が見当たらない。

女子力（物理）ならばかなり高い自信はあるが、そんなもの後宮で何の意味もあるまい。

「しかし、もし陛下がいらっしゃったら、どのように応対すれば良いのでしょうか？　何分、今まで戦場に身を置いていたもので、そのような常識を知らないのです」

「そうですわね。陛下がいらっしゃるとすれば、まず身を清めるべきかと存じます。湯浴みは欠かさず行うべきですわ」

ふむふむ。

確かに体は清めておく方がいいだろう。少なくとも垢《あか》まみれで臭い令嬢など、一緒にいて心地良いわけがない。

「それと、侍女はお連れになっていないようですので、『陽天姫』様が御自らなるべく冷たいお茶を差し上げるとよろしいですわ。茶葉がありませんでしたら、あたくしがお分けいたしますが」

「ああ、茶葉くらいはありますので、大丈夫です」

酒ではなく冷たいお茶を出した方がいい、と心の手帳に記しておく。

男を歓待するといえば酒だと思ったのだが、どうやら社交界では異なるらしい。知らないことばかりだ。

「それから、陛下に手を出していただけるように、なるべく淫《みだ》らな装いの方がよろしいかと」

「み、淫らな、装い、ですか？」

「ええ。陛下とて、初めての女をそう簡単に寝所へ連れ込めないでしょう。ですので、こちらから誘うのですわ。『陽天姫』様ならお美しい体をしておられますし、少々胸をはだけさせて色気を出した方がいいですわ」

「し、しかし、そんな服は……」

「でしたら、下着姿でお出迎えすればいいですわ。そうすれば陛下も男、我慢できなくなるでしょうね」

うふふ、と微笑むマリエル。

まさか下着姿で出迎えて誘惑するのがいいなんて、予想もしなかった。だけれど、寵愛を望むのならばそれが一番なのかもしれない。

だがヘレナは寵愛など望んでいないため、参考までの意見として心に留めておこう。

「え、ええと……恥ずかしいですね」

「恥じらいを持つのもよろしいですが、男性に対しては時に押した方が良いこともありますわ。あたくしも毎晩、いつ陛下がいらっしゃってもいいように、裸で待っておりますわよ」

「……それは、風邪をひかないようにご注意ください」

まさか下着姿ではなく、裸で待っているだなんて。

それが貴族の間では常識であるならば、どれだけヘレナは物事を知らなかったのだろう。無知な自分を恥じることしかできない。

そして、そのように羞恥《しゅうち》を覚えるようなことを、これからしなければならない、ということに絶望すら覚える。

「し、失礼……少し、頭が痛くなってきました」

「おや……宮医をお呼びしましょうか？」

「いえ、結構です。休んでおけば治ると思いますので、これで失礼を……」

あまりの衝撃に、ストレスからの頭痛すらしてきた。

ひとまず部屋に戻って落ち着こう。それから考えればいい。とりあえず腕立て伏せをしていれば心は落ち着くはずだ。

「お体、お大事にどうぞ」

「ええ、それでは失礼します」

これからどうしよう、と思い悩んで眉根《まゆね》を寄せながら、マリエルの部屋を辞する。

だから、気付かなかった。

去り際のヘレナを見て、マリエルがにやり、と口角を上げたことに。

◇◇◇

困った。

『星天姫』マリエルの部屋を出てすぐに『陽天姫』の部屋へと戻ったヘレナは、ソファに腰掛けて腕を組んだ。

考えるだけで頭が痛くなってくる。

正妃候補として存在する三天姫。そのうち『月天姫』と『星天姫』には部屋への来訪もないというのに、『陽天姫』である自分の部屋には今晩訪れるという。少なくともこれが二人の耳に入れば、間違いなくいい顔はしないはずだ。

恐らく二人とも思っているだろう。身分だけは侯爵令嬢ということで高いけれど、二十八歳である自分を見て、取るに足りない相手だ、と。

実際に、ヘレナとて皇帝の寵愛受け選手権で勝利するつもりなどない。どれほどの期間かは分からないけれど、父の言うところの『政治の混乱』が収まるまで、表向きの側室でいればいいのだ。

さっさと戦場に戻りたい、というのが本音である。

「あー……」

考えても仕方ない。元々、ヘレナは頭を使うことが苦手だ。作戦の立案などは全てヴィクトルに任せており、ヘレナは兵を率いて戦うことこそが仕事だ、と思っている。

そんな残念な頭は、現状の把握という重要事項について思考を放棄し、そして腹筋をするという謎のリラックスにより落ち着いている。

ふぅ、とヘレナは額に流れる汗を乱暴に拭《ぬぐ》った。

よし、次は屈伸――とヘレナが立ち上がると共に、扉が叩《たた》かれる。

まだ夕刻にも至っていないため、皇帝の訪れではないだろう。だがそれでも、誰かの来訪に思わずぎょっとした。

「ど、どうぞ……」

「失礼いたします、『陽天姫』様」

扉を開いて現れたのは、恐らくヘレナよりも十は年下であろう少女だった。

整った顔立ちに、肩口で揃えた赤毛。それに恐らく南の血が混じっているのか、やや褐色の肌をしている少女である。

紺色のワンピースにフリルのついたエプロンという、女官長と全く同じ格好は、少女が恐らく部屋付きの女官なのだろう、と推測させた。

「本日よりこちらにて、『陽天姫』様の部屋付き女官を命じられましたアレクシアと申します。どうぞよろしくお願いいたします」

「あ、ああ。ありがとう。イザベルから話は聞いている」

「先程も参ったのですが、お留守でしたので改めて参りました。どちらかにお出かけをなさっていたのでしょうか？」

「む」

確かに、『早急に部屋付きの女官を手配いたします』と言われたというのに、すぐに隣への挨拶《あいさつ》回りをしてしまって待っていなかった。

もしかすると、少女——アレクシアにとっては、虐めを受けたように感じたのかもしれない。

「ああ。少し、出かけていた」

「差し支えなければ、どちらにお出かけでしたか、お聞きしても？」

「いや、私は後宮においては新参者だ。だから、せめて近所には挨拶を行わねばならないか、と思って『月天姫』様と『星天姫』様にご挨拶をしに行ったのだが」

「……え」

そこで、アレクシアが目を見開く。

そして、顎《あご》に手をやり、顔を伏せ、何やらぶつぶつと呟《つぶや》いた。

「……まぁ、そうですね……確かに。ですが……」

「え、ええと？」

「ああ、失礼いたしました。いえ……思わぬ返答に少々混乱いたしまして。『陽天姫』様……ヘレナ様はわたしのことを覚えていないと思いますが、わたしは色々とヘレナ様のことを知っておりますので、情報に齟齬《そご》がないことを改めて確認いたしました」

「……私のことを？」

「はい。申し遅れましたが、わたしはアレクシア・ベルガルザードと申します。ベルガルザード子爵が次女にして、『青熊将《あおくましょう》』バルトロメイ・ベルガルザードの妹です」

思わず、ヘレナは息を呑《の》んだ。

「バルトロメイ様の⁉」

「はい。女子だというのに、家名が物々しすぎるのが目下の悩みです。お久しぶりですね、ヘレナ様」

そうやって、アレクシアは笑顔を浮かべる。

バルトロメイ・ベルガルザード。

それはガングレイヴ帝国における八大将軍が一人、『青熊将』だ。帝都へ戻る前にいたアルメダ皇国との最前線を、『赤虎将《せきこしょう》』ヴィクトルと共に引き受けていた将軍である。

ヴィクトルの副官であったヘレナも、何度か一緒に酒を交わしたことがある。戦場での勇名は計り知れず、そして本人も豪快で、好感の持てる人物だった。

そして、帝都にて何度か家へとお邪魔したこともある。そのとき、確か妹として紹介された少女がいて、二、三話をしたことがあった。

確か──名前は、アレクシア。

まさか、と信じられない想いで、ヘレナは目を見開く。

「あ、アレクシア……？」

「はい、ヘレナ様。あのとき、お話を伺いましたし……ヘレナ様の部屋付き女官になると辞令を受け、兄からヘレナ様について色々と教えていただきました」

「ば、バルトロメイ様は……一体、何と言われていたのですか？」

「……申し訳ありませんが、それをここでお話しすると不敬に値するかもしれませんので、控えさせていただきます」

「あー……うん」

そんなアレクシアの言葉で、大体察した。

多分、それこそヘレナ本人に聞かせられない評価をしたのだろう。そして、そう評価されても仕方ないことを何度もしてきた。

初めて出会ったときには、「将軍とはどれほど強いのだ！」と手合わせを要求したりとか。

その手合わせでバルトロメイに勝てないから、その後に何度も何度も奇襲をしたりとか。

そしてその都度簡単に撃破されたりとか。

……思い出したくないことが多すぎる。

「ですが、お優しい方だということは私も知っております。兄からも、ヘレナ様をよく補佐してくれ、と言われました。しかし……まさか、他の三天姫の下へ既に行かれているとは考えもしませんでした」

「……そんなに、おかしなことをしたか？」

「失礼ながら、ヘレナ様は現在の立場をお考えになるべきかと」

アレクシアの辛辣《しんらつ》な言葉に、ヘレナは思わず目を泳がせる。

それはイザベルにも言われたことだ。社交界について、マナーについて、何も知らないヘレナに対する叱責である。

無知なことは学べば良い、とイザベルは言っていたが、いざ学ぼう、と思っても自分が何を知らないのか分からない。

少なくとも、貴族としての一般常識はない。それは間違いない。

「兄から聞いております。ヘレナ様は十五の頃から、ずっと戦場におられたと。本来、社交界へのお披露目と共に様々なパーティや茶会などに参加して、磨くべき貴族としての才覚は全くない、と。わたしは子爵の、しかも妾腹《しょうふく》という、ヘレナ様に比べれば遥かに格下の身分ですが、わたしに分かることでございましたら、ヘレナ様の学ぶ一助になればと存じます」

「……あ、ああ。よろしく頼む」

「では、まず一点……ヘレナ様が今日、『月天姫』様及び『星天姫』様の部屋を訪問した、ということが周囲にどのように取られるか、お分かりですか？」

む、とヘレナは眉根を寄せる。

どう取られるか、と聞かれてもよく分からない。

ただ新人の側室が先輩の側室へ挨拶回りに来たのだ、と思ってもらえるのではないだろうか。軍でも、新人は先輩を敬うのが当然だった。

だから、そう答える。

「私は新参者だからな。少しでもこれから後宮に溶け込めるように、友好の証として自ら訪問を行った。それで、こちらが友好を深めたい、という目的は伝わったと思うが」

「全く違います」

にべもないアレクシアの言葉に、思わずヘレナは首を傾げる。

ただ隣の部屋を訪問したことの、何がそんなに悪いのか。誰にどう取られるというのか。そのあたりがさっぱり理解できない。

アレクシアは大きく嘆息して、そして続けた。

「まず、身分として侯爵令嬢であり、宮中侯アントン・レイルノート様のご息女であるヘレナ様は、他の三天姫よりも格上の立場です。そして、本来ならば身分が上であるヘレナ様に対して、シャルロッテ様もマリエル様も自らヘレナ様の部屋へ赴き、ご挨拶をすべきなのです。それをヘレナ様自ら赴かれるということは、その側室――この場合は『月天姫』様及び『星天姫』様に対して、お怒りを示していることと同じなのです」

「……なんで?」

「どう取るかはどの立ち位置にあるか、という点で異なりますが……少なくとも『月天姫』様に対しては、『伯爵令嬢の分際で〝相国派〟を率いようなど、虫のいい話を決して許さない、と自身で釘（くぎ）を刺した』とでも取られるでしょう。『星天姫』様に対しては、『新参の貴族は調子に乗らず、自分の後に追随せよ』という意味に取られますね」

「はぁ⁉」

思わず、ヘレナはそう声を荒らげた。

ヘレナ自身には、自分が侯爵令嬢である、という自覚があまりない。むしろ、そのような身分など捨てて自由になりたいくらいだ。

身分を笠《かさ》に着たことは今までしたことがなかったし、軍においても下働きの雑用も進んでしていた。そして、身分があるために優遇されたこともない。軍は徹底的な実力主義なのだ。

だからこそ、アレクシアの言ったことの、意味が全く分からない。

「……申し訳ありませんが、ヘレナ様」

「え」

「『月天姫』様、及び『星天姫』様のお部屋にてどのような語らいをなさったのか、わたしに教えていただいてもよろしいでしょうか？」

「あ、ああ……それは、構わないが」

シャルロッテとマリエルの部屋に行ったことが、それほど重要な意味を持つとは思わなかった。

ということは、知らずに彼女らの部屋で話したことが問題になってしまっている可能性もある。

ならば、せめて宮中の習わしを知っているだろうアレクシアに協力してもらった方がいいだろう。

彼女が幼い頃に二、三度会ったことがあるだけだが、見知らぬ女官に相談するよりは遥《はる》かに心が楽だ。

だが——。
残念ながらヘレナには、二つの部屋で行った語らいをアレクシアに話して、怒られる未来しか思い浮かばなかった。

◇◇◇

ヘレナはアレクシアに、二人の部屋で自分が言ったこと、そしてシャルロッテ、マリエルの二人に言われたことを、思い出しながら話した。

最初こそ微笑を浮かべていたアレクシアだったが、次第にその眉間《みけん》に皺《しわ》が寄り始め、そして目を閉じ、頭を抱え始めた。そんなにおかしな行動をしたつもりはないのだが、どうやら二人の部屋でヘレナが言ってきたことは、アレクシアからすれば許されないものであるらしい。

そして、マリエルの部屋から出て、この部屋に戻ってとりあえず腹筋をした、というところまで語り終えたところで。

整った顔立ちを歪《ゆが》ませ、眉間に皺を寄せ、頭を抱えたアレクシアが、ようやく口を開いた。

「……まず、これは部屋付き女官アレクシアではなく、ヘレナ様と幼い頃に親交のあった『青熊将』の妹として言わせていただきます」

「あ、ああ……」

アレクシアがそう前置きをするということは、『部屋付き女官』としては言えないことだが、『幼《おさな》馴染《なじみ》』としてなら言えることだ、ということだろう。

つまり正妃候補である『陽天姫』に対して、歯に衣着せぬ物言いを、これからする、ということだ。

「ヘレナ様は、全く常識がございません」

「なんで⁉」

「シャルロッテ様につきましては、私が補足せずともお分かりでしょう？　まず先触れのない訪問という点だけでも、自分を見下している、と思われます。貴族の訪問とは基本的に先触れが必要なのです」

「……先触れ？」

「今からどれほど後に、そちらの部屋を訪問します、という知らせです。ヘレナ様は、もしもシャルロッテ様に来客があったりだとか、湯浴みの途中だった、という場合にはどうなさるおつもりだったのですか？」

むむ、とヘレナは眉《まゆ》を寄せる。

とりあえず挨拶に行けばいいや、と思っていたために、そんなことは想定していなかった。だが、こちらからの突然の訪問であることだし、そういった事情があるならば後回しにすればいいだけの話だと思う。

「……別に、そうであれば、私が待てば」

「シャルロッテ様は伯爵令嬢です。比べてヘレナ様は侯爵令嬢と、その身分には差があります。同じ三天姫の一人だとはいえ、もしもそうなればシャルロッテ様からすれば、『自分より身分の高い相手を自分の都合で待たせた』という汚点が残るのです。それを防ぐためにも、必ず先触れは出さなければなりません」

「……うぅ」

「つまり先触れのない訪問というのは、『私を待たせるなんてことは絶対にしないな？』と向こうに脅迫を送っているようなものなのです。そして先触れのない訪問を行われた側は、自分が見下されている、と思うのが道理です」

よく分からない。

そう答えようと思ったけれど、アレクシアの強い眼差しの前では言えなかった。

結果、アレクシアから目を逸らすことしかできない。

「そして、先触れのない訪問の後、ヘレナ様がシャルロッテ様の名を尋ねたこと……これは最悪です」

「……いや、だって名前知らないから」

「向こうはそうと取りません。シャルロッテ様からすれば、ヘレナ様が名前を聞いたということは、『お前の存在など私が知っているわけがないだろう』という挑発です」

どうしてそうなる。

ただ名前を知らなかったから聞いただけなのに。友好は互いの自己紹介から始まるものだというのに。

ヘレナはそう考えるけれど、しかし貴族社会というのはそうもいかないらしい。

「シャルロッテ様はヘレナ様の名前を先に仰り、そしてヘレナ様はシャルロッテ様の名前を知らないと仰られた。この時点で、立場が対等ではなくなっているのです。シャルロッテ様はそれでも強

硬に名前を言わなかったようですが、それを重ねてヘレナ様が尋ねたことによって答えました。つまり、シャルロッテ様はヘレナ様に屈した、ということになります」

「……意味が分からないのだが」

「加えて、シャルロッテ様からの『十も年上の側室だなんて』という厭味《いやみ》に対して、ヘレナ様は何も言われなかった。これはシャルロッテ様がヘレナ様を挑発しようとして、しかし大人の態度を見せられた、と取られるでしょう。よくシャルロッテ様が激昂《げきこう》しなかったものだ、と思いますよ」

「……いや、だって、事実だし」

ヘレナが二十八であり、皇帝が十八であることは間違いのない事実だ。それを認識した上で後宮に入っているのだし、そこを否定する必要はない。

というか、どう否定すればいいのか分からない。

「そして最後に、『そのような態度は改めろ』、と一言仰った、と。これは今までの行動を鑑みて、間違いなく『身の程を知れ』と変換されたでしょうね。伯爵令嬢である自身の身分を鑑みて行動しろ、と言ったようなものです」

「……なんで、そんな」

「そして侍女の数ですが、これもある意味、後宮においての己の権勢を見せ付ける、という意味合いがあるのです。基本的に随伴するのは一人まで、と規則で決まっておりますが、それを守っておられるご令嬢などほとんどおりません。マリエル様の部屋にも、常に四人か五人は侍女がおりますから。ですが、ヘレナ様はそれを注意された、と」

「だって、規則違反……」

「シャルロッテ様からすれば、それはヘレナ様が『後宮の規則が守られていない。これからはきっちり管理する者が必要だろう』と判断した、と思うでしょうね。つまり、ヘレナ様が後宮の規則に口を出す、ということは『正妃を気取っている』と思われても仕方ないことですね」

「……」

もうさっぱり分からない。

確かに注意してから、随分怒っていたみたいだから、ちょっと言い過ぎたかな、とは思っていた。だけれどヘレナからすれば、親切心で言ってあげたのだ。

それをどう曲解すれば、そんな受け取り方になるのだろう。

「まぁ、シャルロッテ様との語らいについては、問題点はこのくらいですね」

「……全部?」

「端的に申し上げますと、そうです」

なんということでしょう。

会話の最初から最後まで、ヘレナに褒める点が見つからない。むしろ、シャルロッテがそう受け取ったのならば、間違いなくケンカを売っている。

次、どんな顔をして会えばいいのか——そう考えるだけで、ヘレナは頭痛がするようだった。

「さて、次にマリエル様との語らいについてですが」

「……あっちは、和やかに終わったと思うのだが」

「こちらも、先触れなしでの訪問はやはり不味《まず》かったですね。これからは先触れをきっちり出すようにしてください。具体的には、私に申し付けていただければ私が他の側室の部屋に赴いて一言申し上げておきます」

「……はい」

もう逆らえない。そんな思いで、泣きそうになりながらアレクシアを見る。

そこは、やはり変わらない無表情。

ヘレナからすれば、特にマリエルとの会話に問題があったとは思えない。むしろ、向こうが怒ることなどなかったと思うのだが。

「まず、リヴィエール家を知らなかったこと……こちらはギリギリ及第点ですね。リヴィエール家が最近叙爵されたばかりの家だったので良かったですが、他の貴族だと『そんな家など私が知るわけがないだろう』という挑発に聞こえます。以後は、知らない家名でも知っている振りをしていてください」

「あ、はい……」

及第点でも説教は続くのか。むしろ、いつまでヘレナはこれを聞いていればいいのだろう。

もう完全に立場が逆転している。

「その次に世間話を少しした後、マリエル様の部屋へ陛下がお渡りになられたか、とそう聞いたのですね？」

「そ、そう、だけど……」

「最悪の一手です。恐らく、マリエル様は今宵か、近いうちにヘレナ様の部屋へ陛下がお渡りになる、と察したことでしょう」

「ええっ⁉」

どうしてそうなる。

そう思われないように、なるべく婉曲に聞いたのに。

「陛下がお渡りになられたか、それを知りたければ女官に聞いていただければ答えます。少なくとも女官長は、陛下がいつ誰の部屋へお渡りになられたか全て把握しております。そして、陛下をお迎えしたときにどのようなもてなしを行うべきか、というのは当然、我々女官は全て把握しております。それを飛び越えてマリエル様に聞きに向かった……それは、その質問が急を要するためだ、と判断できます」

「た、確かに、今夜だけど……」

「そして、そうなれば間違いなく今宵か近いうちに、陛下がヘレナ様の部屋を訪れる、と確信したことでしょう。だからこそ、ヘレナ様に嘘八百のもてなし方を教えたのでしょう」

「……へ？」

教えてくれた、皇帝をもてなす方法。

身を清めろ。

自ら冷たい茶を提供しろ。

淫《みだ》らな格好で待て。

確か、その三点だったはずだが。

「身を清めるのは当然です。湯浴みについては間違っておりません」

「ま、まぁ、そう、だよね」

「もう二つの点が問題なのです。まず冷たい茶を提供しろ、とのことですが……夜更けに訪れた男性に対して冷めたお茶を提供するということは、言外に帰れ、と言っていることと同じです」

「へっ⁉」

どうして茶を入れることが帰れ、ということになるのだろう。

むしろ、それが常識というのが意味が分からない。

「意中の相手であるならば、酒を提供するのが当然です。酒にも自分にも酔ってくれ、と言外に言っているということです。冷めたお茶を提供するというのは、『あなたに対して情熱を持ち合わせていません』という意味です。陛下に冷たいお茶など差し出せば……その場で斬首を命じられてもおかしくありませんよ」

「……えぇぇ」

「最後に、淫らな格好……下着姿で待て、というのは常識的に考えてもおかしい、と分かるでしょう。陛下のお渡りに対して、側室は清楚《せいそ》に待て、というのは常識です。陛下とて、すぐに事に及ぶわけではありませんし……その前に安らげる語らいの時間も当然あります。そのように淫らな格好で待てば、陛下に何を考えている、と罵《ののし》られても仕方ないでしょう。マリエル様が裸で待っている、と言っていたのも真っ赤な嘘です」

「そんな……」

完全に騙《だま》されてしまっていたらしい。

確かに常識的におかしいとは思ったけれど、マリエルが自信満々に言ってくるせいで、呑《の》まれてしまっていたようだ。

「さて、以上ですが……これでお分かりいただけましたか？」

「……へ？」

もう、何を信じていいやら分からなくなり、頭を抱えるヘレナ。

しかしアレクシアの突然の質問に、呆《ほう》けて顔を上げた。

「お分かりいただけましたか？」

「……何が？」

「後宮において、ヘレナ様の生き方は死を招きます。側室と仲良くしよう、などと思わないことです。彼女らにとって、ヘレナ様は味方などではなく、蹴落《けお》とすべき相手なのです。そのためならば、あらゆる手段を使います。表の宮廷も権謀術数渦巻く魔窟《まくつ》でしょうが……後宮は、それ以上に女の怨念《おんねん》渦巻く魔境です。それを、お忘れなく」

アレクシアは最初に浮かべていた微笑を、しかし笑わない眼差しで浮かべ。

そして、言った。

「これが、後宮です。ヘレナ様」

◇◇◇

「今宵、ヘレナ様のお部屋に陛下がお渡りになる、ということは既にご存じとは思いますが」

「あ、ああ。イザベルから聞いた」

「わたしとしましても、陛下にヘレナ様のお見苦しい姿をお見せするわけには参りません。しかし、先程のご令嬢との語らいから察するに……ヘレナ様は、上流階級の方との付き合い方など分からないのではありませんか?」

「む……馬鹿にするなよ」

むかっ、と少しだけ眉根《まゆね》を寄せてヘレナは反論する。

これでも、軍で長く兵を率いてきたし、報告連絡相談は欠かさずに行ってきた。そこには皇族に対しての報告もある。

少なくとも、全くの常識知らずというわけではない。

「ではヘレナ様、陛下がこちらの部屋へいらしたとき、何と仰るおつもりですか?」

「そんなもの、当然決まっている」

ふふん、とヘレナは胸を張る。

初めて皇族へ報告を行った際には、噛《か》んでしまった言葉。そして、そんな恥ずかしい記憶があるゆえに覚えているのだ。

「ご尊顔を拝し、恐悦至極に存じます、だ」

皇族との謁見において、冒頭で述べる言葉だ。出会ったときの、恒例の言葉だ。ちなみに、意味はよく分からない。

「それは謁見の常套句《じょうとうく》です。後宮における言葉ではございません」

「えっ」

「後宮にいる女は、基本的に陛下の側室として扱われます。つまり簡単に言いますと、妻としての身分なのです。ヘレナ様の言う文句は謁見において、『下々なる我が身がお顔を拝見すること非常に申し訳ない』と己を卑下することによる謙りを行っている言葉です。ですが、側室の下にいらっしゃる陛下に対して述べるには、適切ではありません」

「なるほど」

よく分からない。

だが、そこまで考えなきゃいけないのか後宮。

というか、そんな知識は誰が教えてくれるんだ。本気でそうヘレナは天を仰ぐ。

「当然です。陛下がお渡りなさった側室が、己を卑下することは即ち、その側室の下へ渡ることを選んだ陛下をも愚弄《ぐろう》していることとなります」

「……何故」

「貴族というのは、己の口から漏れる言葉の一つ一つですら、相手からの攻撃材料となるのです。いたずらに言葉を並べてはなりません」

「だったら、一体どう言えばいいのだ」

「簡単です。ようこそおいでくださいました、陛下。ただそれだけでよろしいのです」

思ったよりも簡単な言葉だった。

アレクシアのことだから、何か小難しい言葉ばかりを並べてくるのかと思いきや、そんな簡単な言葉だとは。

ヘレナは疑問に首を傾げながら、アレクシアを見やる。

「……そんなものでいいのか？」

「ええ。多くの言葉は必要ありません。あとは、陛下との語らいを楽しみ、そのときになれば共に同衾《どうきん》すれば良いかと」

「その……語らいのときには、何か注意点はあるのか？」

「……それについては、陛下がどのような心持ちでこの部屋に来られるのか、わたしには分かりません。ですので、お答えできかねます。それに……陛下がいらっしゃったら、わたしは席を外すよう伝えられるでしょう。あとはヘレナ様がどのような失言を放ったとしても、わたしには何も支援できません」

「うーん……」

ひとまず挨拶《あいさつ》の常套句は分かったけれど、それ以降が白紙である。

アレクシアの言葉によれば、ヘレナの言葉一つで首が飛ぶような不敬に取られることがあるかもしれない。

そして、ヘレナは常識を知らないのだから、その可能性は限りなく高いのだ。

「ま、いいか」

難しいことを考えるほどに、ヘレナの頭は良くない。

ファルマスがどのような気持ちでこの部屋に来るのかなど、察することもできない。そんな先の見えないことを想像するよりは、基本的な注意事項だけ守ればいいだろう。

残念な頭は、難しいことに関しては思考を放棄するのだ。

「アレクシア、陛下との語らいで、決して言ってはいけないことだけ教えてくれ」

「は。そうですね……わたしも陛下と語らったことはないのですが、少なくとも他の男性の話は決してしてはなりません」

む、とヘレナは眉根を寄せる。

話題の一つに、一応他の将軍の話でもしようと思っていたのだけれど。

「駄目なのか？」

「他の男性の話をする、ということは心がその男性に向いている、と取られます。陛下の側室は貞淑であれ、というのは当然です。絶対に、他の男性の話をしてはなりません」

「例えば……我が国の誇る八大将軍の話でもか？」

『赤虎将』ヴィクトル・クリーク。

『青熊将』バルトロメイ・ベルガルザード。

他にも数人、ヘレナの知っている将軍はいる。そして、一人を除いてその全ては男だ。

「駄目です」

だが、アレクシアはにべもなくそう棄却する。

「何故だ？　陛下とて、軍には興味があるのではないか？　特に今は、南北の国境が侵されようとしている。そんなときに、率いる将軍の話をするのは適切ではないか？」

「ヘレナ様の出自は軍です。それも、『赤虎将』の副官という立場です。そして現在、後宮に入っている……その話を行うことによって、ヘレナ様が後宮など出て軍に戻りたいと思っている、と陛下に思われる可能性があります」

あながち間違っていない。

むしろ正解である。

できればヘレナはこんな後宮などさっさと出て、ヴィクトルと共に戦場を駆けたい、というのが本音だ。

政治の混乱が収まるまでの我慢なのだから。

「そして特に、ヴィクトル・クリーク将軍の話は禁忌です」

「……何故？」

「ヘレナ様が側室として後宮へお入りになられた以上、その出自は全て洗われます。そして、ヘレナ様がヴィクトル将軍と懇意にしており、その出世街道を共に歩んだ、という経歴も知られているでしょう。そこに想いが存在している、と陛下に取られてもおかしくありません」

「……」

どれだけ嫉妬《しっと》深いんだ、皇帝。

ヘレナは思わず頭を抱えてしまう。ヴィクトルは確かに共に仕事をしてきたが、そこに特別な感情などはない。というより、ヘレナ自身が男にそのような想いを抱いたことがないのだ。

だからこそ、二十八になる今に至っても未婚であり、浮いた話の一つもなかった。

「ええと……他には？」

考えるのが嫌になり、そうアレクシアを促す。

「そうですね……あとはわたしも分からない部分はありますが、政策や人事に関する話などは行わない方がよろしいかと」

「うん、まぁ……」

しない。というか、できない。

そんなことを考えられるほど、ヘレナの頭は良くないのだ。

「ヘレナ様がアントン・レイルノート宮中侯の息女である、ということは周知の事実です。そんなヘレナ様が政治に関する口出しを行うと、それがアントン様による指示である、と取られるでしょう。お父上の立場が悪くなります」

「……別に何も言われてないから、問題ないな」

これは事実だ。

アントンから、具体的に何をしろ、という指示は貰《もら》っていない。「とりあえず後宮にいてくれ」と一任された。ぶっちゃけ何をすればいいか何も分かっていないあたり、ヘレナの残念さがよく分かる。

そしてアントンもまたヘレナの頭の出来に関しては期待していないので、どちらにせよ何もする必要がなかったりする。

「最後に、他の側室についてのお話も避けた方が良いかと」

「え」

「例えば、『月天姫』シャルロッテ様は非常に美しい方だった、『星天姫』マリエル様は非常に博識な方だった……そういった話は、してはいけません」

「何故だ？」

「嫉妬《しっと》と取られます。ヘレナ様に分かりやすく言いますと、ヘレナ様のお立場でそのような物言いをすること、これは庶民からすれば、恋人の前で『あの子の方が私よりも可愛いし優しいし、私なんかよりすごくいい子だよね』と言っていることと同じです」

めんどくせぇ。

そう一瞬で断じたヘレナは、眉間《みけん》に皺《しわ》が寄っていた。そんな言い方をするということは、否定してほしいだけに過ぎない。俺はお前の方が可愛いと思うよ、と自分を褒めてほしいためだけに言う言葉だ。

だが、ヘレナが側室の話をすれば、即ちそう取られる。

もう分からないことだらけで、吐き気すらしてきた。

体を動かしたい。

ちょっと腕立て伏せでもして心を落ち着けたい。

話が終わったら腕立て伏せをしよう。

「陛下は今宵、ヘレナ様を選んでお渡りされるのです。他の側室がヘレナ様よりも魅力的であるならば、陛下はお渡りされません。それを考えたうえで他の側室の話を出すということは、先程の鬱《うっ》陶《とう》しい恋人の言葉として取られるか、もしくは『私のところになど来ず、もっと美しい方の部屋に行け』と言っているよう取られるでしょう」

「……ああ、分かった」

「基本的には、そのくらいですね。あとはヘレナ様が臨機応変に対応していただければ良いかと」

心の中でまとめてみる。

まず、男の話はしてはいけない。この国の軍部を背負っている八大将軍のことすら、話題に出してはいけない。

次に、政治の話はしてはいけない。仮に南北に派遣している兵力の差を話題に出し、そちらを是正するよう話をすれば、それは政治の話になってしまうだろう。

最後に、他の側室の話をしてはいけない。先程赴いたばかりのシャルロッテについても、マリエルについても、一言も話題に出してはいけない。

そこで、ふと、疑問が走った。

「アレクシア」

「は」

「……私は、陛下と一体何の話をすればいいんだ」

話題の全てが既に禁忌となっている。

アレクシアに禁じられたこと以外に、自分と皇帝の共通点などない。話題とは共通項から始まるものだ。それを禁じられた以上、盛り上がる会話などできるはずがない。

だが、アレクシアはそれを一手で両断した。

「世間話です」

「え」

「世間話です」

「あの」

「世間話です」

「……」

ヘレナは思った。

世間話とは、具体的に何なんだろう。

アレクシアに色々と聞いて、それからできる限りの事前情報を詰め込んだ。ヘレナにしてみれば皇帝と会う、という心労よりもアレクシアに怒られる、という心労の方が大きい、という謎の状態にすら陥った。

◇◇◇

だが一通り皇帝の来訪に向けた練習や事前情報の詰め込みを終えたのち、ヘレナはようやく『部屋付き女官アレクシア』ではなく、『幼馴染《おさななじみ》のアレクシア』として彼女を受け止めることができていた。

「そうですか、アルメダ皇国との戦況はそんなにも……」

「ああ。正直、もう一人か二人将軍がいれば良かったのだがな。だが、少なくともバルトロメイ様が死ぬことはないだろう。あの方が死ぬ姿など、私にはとても想像できない」

「奇遇ですね、わたしも兄が死ぬ姿を想像できません」

くすりと笑うアレクシアに、ヘレナも笑みを返す。

『青熊将』という将軍の号を持つバルトロメイ・ベルガルザードは、その称号に相応《ふさわ》しい熊のような偉丈夫だ。敵将と一対一で戦って、負けたことなど一度もない。八大将軍の中でも、個人戦闘力は最強である。大陸屈指の英雄とさえ言われているのだ。

そんなバルトロメイの戦死など、想像することすらできない。

「ですが、厳しいというのは間違いないようですね」

「ああ。アルメダ皇国との国境にあるグラム砦《とりで》で防衛戦を行っているが……バルトロメイ様は防衛があまり得意ではないからな。ヴィクトルが戻れば、バルトロメイ様が自由に動くことができるようになるし、戦況は動くかもしれん」

「わたしが言うのもおかしな話ですが、状況的にヘレナ様を後宮に入れるというのは、どう考えても前線の負担が増えると思いますね」

「そうだな。私も一軍を率いていた。ヴィクトルの考え方ならば手に取るように分かるし、指示がなくとも動くことができる。ヴィクトルからすれば、都合のいい手駒がいなくなったようなものだな」

はぁ、とヘレナは大きく嘆息する。

考え事が多すぎて、用意された夕餉《ゆうげ》もろくに味を感じられない。しかも作られてから毒味を経て部屋まで運ばれるため、基本的には全て冷たくなっている。どれほど贅《ぜい》を凝らした料理であっても、冷めてしまってはその美味さの半分も引き出せないだろう。

ちなみにアレクシアも共に摂るように言ったのだが、固辞された。なんでも、女官は女官の専用食堂で食事を摂るのだとか。あっちは特に毒など気にしなくていいらしいため、熱々の出来立てを食べることができるらしい。うらやましい。

「さて……食後の運動でもするか」

「何をされるのですか？」

口元を拭《ふ》いて立ち上がり、ヘレナは食べ終わった食器を配膳《はいぜん》車に戻す。

慌ててアレクシアがやろうとしたけれど、もう遅い。そもそも、軍で上下の隔てなく同じ釜《かま》の飯を食べてきたヘレナからすれば、自分の膳くらい自分で下げるのが当然だ。

どう考えても侯爵令嬢のすることではないが。

「決まっている。腕立て伏せだ」

「……へ？」

「腕立て伏せだ。ああ、アレクシア、手が空いているようなら、私の背中に乗ってくれないか？」

「何故!?」

「負荷が増えた方が鍛練になるからな」

よいしょ、とヘレナは絨毯《じゆうたん》の敷かれた床に両手をつき、つま先と両手だけで体を支える。アレクシアは絶句しながらその姿を見て。

そしてヘレナは、小さく首を傾げた。

「……どうした、アレクシア」

「あの……一体、これは」

「ほら、早く背中に乗ってくれ。私は早く鍛練をしたいんだ」

「…………………あ、はい」

アレクシアはどうやら考えることを放棄したらしく、ゆっくりとヘレナの背中へと乗る。やはり若い女性ということで、重みはあまりない。

ヘレナはしかし、ふん、と力を入れて腕立て伏せを開始した。

「あの……ヘレナ様」

「十一、十二、十三……どうした？　十四、十五」

「何故、腕立て伏せを？」

「そんなもの決まっているだろう。体は鍛え続けなければ、すぐに筋肉が落ちてしまう。戦場で馬を駆るだけでも、相当な力を使うのだ。このように一日中部屋で過ごしていると、必要な筋肉すら失ってしまう。だからこそ、毎日の鍛錬を行うのだ」

「…………そうですか」

何故か頭を抱えるアレクシア。しかし、その所作はアレクシアの腰の下で腕立て伏せを繰り返すヘレナには見えない。

そして、話をしているうちに何回やったか忘れてしまったヘレナは、再び最初から腕立て伏せを続けるのだった。

そして、その回数が百を超えたところで。

「失礼いたします、『陽天姫』様……」

ノックと共に、入ってきたのは女官長――イザベル。

本来、ノックはされた方の応じる声と共に扉を開くものだが、イザベルはこちらの返事も待たずに入ってきた。それだけの急用なのだろう。

だが、ヘレナの姿は最悪すぎた。

「……え？」

「ん？」

「…………うわぁ」

入ってきたイザベルの目の前にいるその姿。

何故か両手を床につき、背中に女官を乗せた侯爵令嬢にして『陽天姫』。

どう考えても、一言で説明のつく構図ではない。

「……アレクシア」

「これにつきましては、後で詳しく説明をさせてください。わたしとしても、このような行いをするのは本意ではないのです」

「……まぁ、いいでしょう。『陽天姫』様。まずはアレクシアをお下ろしになって、それから立ってください。お召し物を替えさせていただきます」

イザベルの有無を言わさぬ視線に、ヘレナは素直に従って立ち上がった。

ヘレナの格好は、部屋の中であるとしてもあまりに見合わないものだ。一応ドレスの体は保っているものの、動きやすいように、と乱暴なスリットが入れられたロングスカートに、暑いから、とボタンの開かれた胸元。加えて、汗をかいたぼさぼさの髪は全くまとまっていない。

この状態で皇帝の前に立つなど、決して許されないだろう。

「ではまず、『陽天姫』様……湯浴みをなさってください」

「……あ、はい」

逆らってはいけない。

本能的にそう感じてしまう視線に、ヘレナは素直に頷《うなず》いて部屋に設置された湯所へと赴いた。湯所とはいえ、いつでも湯が沸いているというわけではなく、あくまで湯を使う場所である。

湯は女官が専用の桶《おけ》を持って、他所《よそ》から持ってくるのだ。そして今、まさにイザベルが専用の桶の中によく沸いた湯を持ってきている。

ヘレナに拒否権はなかった。

ひとまず服を脱ぎ、湯所へ入る。慣れた仕草でアレクシアがそれに追従し——待て。

「……アレクシア？」

「『陽天姫』様のお世話は、わたしの役目です」

「いや……湯浴みくらい一人でできるのだが」

「わたしの役目です。どうかわたしにお任せください」

「えぇぇ……」

さすがに湯浴みくらいは一人でしたい。

そう思うけれど、イザベルがそれを許してはくれないだろう。アレクシアも退かないだろうし、仕方ない。

アレクシアにされるがままに体を洗われ、髪を梳《す》かれる。もう、自分は人形になったのだ、とでも言い聞かせないと、羞恥《しゅうち》で死にそうだ。

そして、湯浴みの後はアレクシアとイザベルによる着せ替えショーの始まりである。

様々なドレスを用意され、それを着せられては「違いますね」などと言われて脱がされる。もう、この時点で精神がゴリゴリ削られてゆくのが分かった。

何度着せ替え人形にさせられたか分からないが、結局は一着のドレスに落ち着いて、そしてようやくソファに座らされる。

これなら、腕立て伏せを千回した方が疲れないのではないか——そう思えるくらいに、全身が疲労感で溢《あふ》れていた。

「これで宜しいでしょう」

「はい、女官長」

「では、ヘレナ様――丁度良く、お時間でございます」

すっ、とイザベルが一歩退く。

それと共に、その後ろにある扉がゆっくりと開いて。

アレクシア、イザベルがその扉に向けて、深く頭を下げた。

「よい、そう堅苦しくするでない」

扉の向こうよりゆっくりと歩を進める、一人の男。

銀のグラスより滴る水滴のような、透き通った銀色の髪。整った顔立ちはまるで誂《あつら》えられた彫刻のように美しくも、しかし随所にあどけなさの面影を残している。射貫くような鳶色《とびいろ》の瞳《ひとみ》は、一瞥《いちべつ》だけであらゆる女性の心を射止めるのではないか――そう思えるほどの、絶世の美男子がそこにいた。

ヘレナがこれまで出会ったことのないほどに、完璧《かんぺき》な男。

それが、今宵、ヘレナの下を訪れた、この国における最高権力者。

「そなたがアントンの娘か。楽にして良いぞ。貴様らは席を外せ。まさか、余と側室の語らいに水を差す、などと申す愚か者はおるまいな」

くくっ、とどこまでも尊大に振る舞うその男こそ。

ガングレイヴ帝国皇帝――ファルマス・ディール＝ルクレツィア・ガングレイヴ。

第三話　脳筋令嬢と腹黒皇帝

「陛下、ご機嫌麗しゅう……」

「よい、堅苦しい挨拶《あいさつ》などいらぬ。女官長よ、余は下がれと、そう申したが」

「は……」

イザベルの挨拶に、にべもなくそう返して退室を強要するファルマス。

やはり皇帝の言葉には逆らえるわけもなく、イザベルはアレクシアを伴って、一礼してから退室した。

そして、その後ろには恐らく近衛であろう軽鎧《けいよろい》を着た男性が二人、待機している。

「陛下」

「貴様らも戻れ。余は今宵、『陽天姫《ようてんき》』と語らう。そこに貴様らのような武骨者はいらぬ」

「ですが陛下、我々は陛下の身を……」

「ここは後宮である。余の後宮において、余を害そうとする者がいると申すか。不敬罪でその首を叩《たた》き斬るぞ」

近衛の一人が反論するが、ファルマスはそう断じて睨《にら》みつける。

皇帝である以上、行動の一つ一つに護衛が伴うのは当然だ。絶対的君主である皇帝に何らかの障害が発生した場合、それは直接に政務の滞りへと繋《つな》がる。だからこそ、監視をするように近衛が追随するのだろう。

だが、そんな護衛をファルマスは遠ざけようとしている。

「……御身に何かございましたら、国が」

「ほう、余に何が起こると言う。ここは我が後宮であり、正妃に次ぐ存在である三天姫《さんてんき》が一人、『陽天姫』の部屋である。貴様は宮中侯アントン・レイルノートの娘が余を害そうとしている、とでも言うつもりか?」

「うっ……」

ふん、とファルマスはその形の良い唇から、尊大そのものの皮肉を吐く。

ヘレナはそんなやり取りを見つめながら、しかし何も言えずにいた。

「……承知いたしました、陛下。ですが、扉の前で」

「許さぬ。余と『陽天姫』の語らいは、余人の耳なくして行わなければならぬ。元より後宮は余を除き、男の侵入を禁じられていること程度は知っておろう。それを貴様らが詰まらぬことを延々と申すがゆえにここまで連れてきた。ここに至るまでに危険の一つでもあれば、貴様らの危惧《きぐ》も分かろう。だが、そうでない以上は貴様らの存在は、余と側室の語らいを盗み聞こうとする下賤《げせん》な輩に過ぎぬ」

「ぐ……」

「二度は言わぬ、戻れ。これは命令だ」

「……は」

近衛が頭を下げ、そして一歩後ろに下がる。

しかしファルマスは、それに追い討ちをかけるように、さらに言葉を重ねた。

「仮に、余の命に背いて、その扉の前で耳を傾けてみよ……貴様らの一族郎党、斬首に処す。分かったな？」

「……承知いたしました」

明らかに納得のいっていない態度で、近衛が退室する。

そして、そのまま足音が遠くまで去ってゆくのを確認して。

ようやく、ファルマスはヘレナを見た。

「当代皇帝、ファルマス・ディール＝ルクレツィア・ガングレイヴである」

「は、はいっ！」

ええと、とヘレナは必死に思い出す。

確か、アレクシアに言われた、陛下お渡りの際の一言目。御尊顔を拝し、恐悦至極に存じます、ではない――もっと簡単な言葉。

忘れてしまった。

確か、「お」から始まる、割と簡単な言葉だったはず。

ヘレナは必死に脳を回転させ、言葉を思い出す。何だっけ、何だっけ、と心ばかり逸るが、しかし見つからない。

そして。

ヘレナの唇は、とりあえず「お」から始まる割と簡単な言葉を紡いで、頭を下げた。

「お……」

「お？」

「お疲れ様です陛下！」

……。

……。

何となくヘレナは思った。違う、これ。

これはヘレナが練兵所に顔を出したときなどに、下士官から言われることだ。そして軍におけるそんな挨拶を、このように皇帝を相手にして使って良いわけがない。

やばい、と背中を冷たい汗が流れる。

「くくっ……」

しかし。

ファルマスは、可笑《おか》しそうに——破顔した。

「お疲れ様か、ついぞ言われぬ言葉であったな。だが、悪くはない。確かに、少々疲れてはおる。『陽天姫』よ、余も座って良いか？」

「ど、どうぞどうぞ！」

ファルマスは言葉と共に、ヘレナと対面するかたちに置いてあるソファに腰掛ける。その所作の一つ一つも、優雅と言う他にないだろう。

完璧すぎる造作はただソファに腰掛ける、という行動一つでも、まるで高級な絵画か演劇の一幕のようにさえ思える。

ファルマスは足を組み、そしてヘレナを正面から見て。

「ふむ……レイルノートの家では、常識を習っておらぬのか」

「は、はい……？」

「余は名乗った。そなたも名乗るのが筋ではないか」

ファルマスの言葉に、ああっ、と心の底から後悔する。

確かに最初に、ファルマスは名乗った。しかしそれに対して、ヘレナが返したのは「お疲れ様です」の一言だけだ。

名乗られた以上、名乗り返すのが礼儀だ。しかも、自分よりも遥《はる》かに格上の人物。下手なことを言ってはいけない、と言われたが早速、礼儀を弁えない行動をしてしまった。

「申し訳ございません！　私は第一師団所属、赤虎《せきこ》騎士団副官ヘレナ・レ……」

そこで、かぶりを振る。

現在のヘレナは軍属ではなく、あくまで侯爵令嬢であり皇帝の側室だ。そこにおける自己紹介で、己の軍籍を言う必要はない。

「し、失礼いたしました！　私は宮中侯アントン・レイルノートが娘、ヘレナ・レイルノートと申します！」

「ヘレナか、良い名だ。余よりも年は上のようだが」

「はい、申し訳ありません。十五の頃より軍に入りまして、現在に至るまで浮いた話の一つもなく、嫁き遅れの女にございます」

澱《よど》みなく、ヘレナはそう述べる。

年齢については、きっと皇帝も気になるだろう、と思っていた。だからこそ、事前にこう己を謙《へりくだ》って伝えておけば、何とかなるだろう、と。

ファルマスはそんなヘレナの言葉に、くすりと口角を上げた。

「なるほどな。道理で、このような美姫が我が後宮におるはずだ」

「えっ」

ファルマスの言葉に、思わずそう目を見開く。

美姫だなんて、こんな十も年上の女に言うとは。

褒められて嬉《うれ》しくないわけではないが、どこかむず痒《がゆ》い。

「そなたの評判は聞いておる、ヘレナ・レイルノート。『赤虎将』の腹心にして、随一の副官と聞く」

「あ、ありがとうございます」

「本来ならば、このように後宮になど寄せるべきではなかった人材であろう。余の不徳の致すところだ」

……え？

ヘレナは首を傾げる。まるでヘレナを後宮に入れたのが、仕方のなかったことであるかのように振る舞うファルマスには、激しい違和感があった。

父であるアントンが無理やりに捻じ込んだだけだと思っていたのに。

「ここは後宮であり、余の私的な空間である。ゆえに、この場における余は皇帝ではなく、一人の男ファルマスだ」

「は、はい……」

「その上で、伝えるべきことがある」

するとと、ファルマスはその造作の整った顔立ちをゆっくりと下げ。

ヘレナへ向かって、頭を下げていた。

「へ、陛下っ⁉」

「リファールの襲撃については、余の計算違いであった。我が国にも名の知れた名将であるガゼット・ガリバルディを相手にして、禁軍の弱卒だけでは、まともに相手をできなかったであろう。我が国の危機を救った英雄に、感謝する」

「あ、頭を上げてください陛下！　このような姿を、誰かに見られては！」

「余の立場上、人前で頭を下げるわけにはゆかぬ。だが、権威とは人前で着るものに過ぎぬ。ここは我が後宮であり、我が家であるようなものだ。己の家で、わざわざ権威など重いものを着たくはない」

ファルマスは顔を上げ、薄く笑う。

ヴィクトルの言っていた、『坊ちゃん陛下』。アントンの言っていた、『諫言を嫌う愚帝』。

ヘレナから見て、どちらの評価もこのファルマスには合っていない。

「改めて、感謝を。この国を、この国に住まう民を救ってくれて、ありがとう」

「へ、陛下……」

理想的な君主とはいかなるものか。

少なくともそれは、民を慈しむ存在だ。君主という存在は民の上に立つ存在である、と認識し、その重責を負うことのできる者が、最も理想的な君主だろう。ヘレナはそう思っているし、これを間違っている、と断言できる者などいるまい。

そして、皇帝ファルマス・ディール＝ルクレツィア・ガングレイヴ。

彼が即位して現在で一年弱。

その間、様々な噂は聞いた。前帝の崩御により若年の皇帝が即位し、そのために国外から舐《な》められている、と。部下の諫言は聞かず、耳に甘い言葉ばかりを受け入れ、新しい役職を作ってまで宮廷を二分させようとしている、と。

だが、そんな彼の評判を、市井の民から聞いたことがない。それは恐らく、生活苦もなければ困った事態も特になく、三正面作戦という無茶な戦争をしているというのに、そこまで市井に負担が回っていないからだ。

それは、ファルマスという皇帝の治世があるからに他ならない。

目の前の、評判と実際があまりに異なる皇帝を前に、ヘレナは何も言えなかった。

◇◇◇

後宮における、側室と皇帝の語らい。

ヘレナとて、そういった衆人向けの書籍を読んだことがない、というわけではない。色々と脚色は加わっているのだろうけれど、そういった小説は読んだことがあった。

だけれど。

これは少々、違うだろう。

「ふむふむ……では、次だ。『青熊将《あおくま》』バルトロメイ・ベルガルザードとは？」

「バルトロメイ様は、突撃戦に非常に優れた将軍です。先に説明した『赤虎将』とはまた違った強みをお持ちですね。特にバルトロメイ様は、軍の中でも不死身と称されておりますので、常に先頭を走ることでも知られています。将軍が先頭を走るので、その配下の士気は非常に高いと聞いています。ですが、反面で守戦が得手ではありません。現在のアルメダ皇国との国境にあるグラム砦《とりで》で守戦をさせるくらいならば、青熊騎士団をアルメダ皇国に攻め込ませた方が強みを発揮するでしょう」

「なるほどな。だがアルメダ皇国との全面戦争を行うには、いささか兵力が足りぬと思うが」

「青熊騎士団は、八騎士団の中でも最も突破力に優れています。『赤虎将』を後ろに据えて、その上で突撃をさせれば、敵本陣まで突き進めましょう。それに加えて、バルトロメイ様はやや短慮な部分がありますが、副官が知略に優れた方です。恐らく青熊騎士団だけでも、倍の戦力差ならば覆せましょう」

「では、ヘレナは最初に潰《つぶ》すべきはアルメダ皇国だと思うか？」

「そうですね……」

最初にファルマスがテーブルの上に広げたのは、地図だった。

その上で、恐らく最初から持っていたのであろう八色の石を、それぞれに置く。軍に所属していたヘレナには、それがすぐに八大将軍の配置だと分かった。

そしてファルマスが色を指すと共に、ヘレナがその将軍に対して説明を行い、現在の情勢とかみ合わせた結果としての予測を言っている。

これは恐らく軍議とかそういった場であり、決して後宮での語らいではあるまい。

「私としては、三国連合の方が与しやすいかと」

「ほう。だが、かの国はいざとなれば三国全ての全力をもって迎撃してくるぞ。守戦に優れたカルパック将軍が国境の砦を守っておる」

「ですが、アルメダ皇国と違って三つの国の連合です。情報には少なからず齟齬《そご》が出るでしょうし、自然、北東のダリア公国を相手にすれば、中央のムーラダール王国からの援軍は間に合うかもしれませんが、北西のエスティ王国からの援軍は遅くなるでしょう。エスティの国境はお言葉の通り守戦に優れたカルパック将軍がおりますが、ダリアの国境に知った名前は聞きません」

「なるほどな、短期決戦で落とすか。そのための方策としては何がある？」

「青熊騎士団と紫蛇《しだ》騎士団を交代するのが一番かと。『紫蛇将』アレクサンデル・ロイエンタールは最も若い八将ですが、守戦に優れていると聞きます。彼ならば、『赤虎将』と協力することで十分にグラム砦を守れるでしょう」

ヘレナは基本的にあまり頭が良くないが、それは決して軍略に優れない、というわけではない。

基本的に突撃しかしないことはよく知られているが、それはヘレナが経験による本能で、どこが弱いかを見抜く力を持っているからだ。ヴィクトルが知略に優れた名将であるならば、ヘレナは本能的に敵の弱点を見抜く猛将である。

だからこそ、現在の国の情勢を考えたうえで、本能的に弱い部分を見つけることができる。それが、ダリアとの国境だ。

「ふむ、では青熊騎士団と金犀《ごんさい》騎士団で、ダリアを落とせるか？」

「可能でしょう。『金犀将』ヴァンドレイ・シュヴェルト様はバルトロメイ様に劣らぬ猛将です。お二人の突破力さえあれば、援軍が来ないうちに片付けることができましょう」

「『金犀将』は突撃しか能がない、と聞くが?」

「それは嘘です。他国との戦いにおいて、自身が舐められるように、と『金犀将』が自ら流した噂です。それが功を奏しているのか、ダリアは『金犀将』を舐めているようですから」

ふむふむ、と地図を見ながら頷《うなず》いているファルマス。

一体本当に、何の話をしているのだろう。聞いてくるファルマスもそうだが、答えるヘレナもまたおかしい。

もっとも、ヘレナにしてみれば愛を囁《ささや》くだとか、そういった行為より何倍も楽であることは間違いない。

「なるほどな。では、そのように検討しよう。だが、騎士団全体が動くのは厳しいな。騎士団の移動により、防備が手薄になる可能性もある」

「陛下がご命令下されば、現場の方で判断するでしょう。この場合、一月程度の猶予をお与えください。そうすれば、他国に気取られないように少しずつ移動させることができるでしょう」

「そうか、そちらも考慮に入れておく」

うむうむ、とファルマスは満足そうに頷き、地図を丸めた。

恐らく、これからの動きが固まったのだろう。ヘレナはその一助になれたことに、少しだけ胸を張る。

脳筋、と言われてきた自分が、これで皇帝の役に立つことができた、と。

「さて……では、違う話をしよう」

「……は」

む、とヘレナは眉《まゆ》を寄せる。

まさかこれから、ヘレナに対する口説きの時間が始まるのだろうか。実際のところ、ヘレナは皇帝の寵愛《ちょうあい》など求めていないし、抱かれたいとも思わない。

かといって、ここで拒否するというのも失礼にあたるだろう。どうするべきか少しだけ考えて、しかし考えることに疲れてやめた。軍事に関係すること以外では、ヘレナの頭の回転はあまり良くない。

「なに、そう強張るでない。別段、これからそなたを口説こうなどと、そういう気持ちではない」

「……そうなのですか？」

「本音を言うならば、少々力を入れて口説いておきたいがな。残念ながら、現在の情勢がそれをさせてくれぬ。余はこの国の混乱が収まるまで、正妃を選ぶつもりはない」

前半は聞き流して、ひとまず後半だけ気にすることとする。

一応、ヘレナは『陽天姫』であり、正妃候補だ。『月天姫《げってんき》』、『星天姫《せいてんき》』共にそうだが、後宮の中では最も偉い立場にある。

そしてファルマスが正妃を定めない以上、正妃としての権限を持つのは三天姫である。

「どういうことでしょうか？」

「余の父は――前帝ディールは、アントンを今後十年間宰相とせよ、と遺言を残した。余もそれに逆らうつもりはない。アントン以上に、現在の情勢において王宮を任せられる傑物は他におらぬからな」

意外と父の評価は高かった。

アントンの話によれば、ファルマスは自分の耳に甘い言葉だけ受け入れ、諫言を嫌うとのことだったのだが。

「余が行うのは、粛清だ」

「……粛清、ですか？」

「そうだ。前帝の崩御は早すぎた。まだ、余が帝王学を教わっている間に、逝ってしまわれた。だからこそ、余に忠心を抱いておらぬ部下は、限りなく多い」

くくっ、とファルマスは、まるで何か悪いことでも企んでいるかのように、頬を歪《ゆが》める。

粛清――その言葉から伝わるのは、どう考えても血生臭いことだ。

「新たに、相国という地位を作った。これは宰相と並び、この国の政治における最高位に位置する地位だ」

「……何故、その地位を？」

「炙《あぶ》り出すために決まっておろう。アントンは、私心を捨てておる。ただ私心なく、国のために、民のために、それだけを考えて動いている。だが、余の配下にいる者が、皆アントンのように清廉な心を持っているわけではない」

確かにその通りだろう。

宮廷は魔窟《まくつ》だ。相当な権謀術数が渦巻いている。中には地位を金で買う者が出るほど、権力というのは垂涎《すいぜん》の的であるのだ。

だからこそ——それを、炙り出すためだ、と言う。

ファルマスは、一体何を考えているのか。

「余のために動くか、国のために動くか、民のために動くか」

「……え？」

「二番ならばまだ良い、及第点だ。三番ならば、その働きに報いよう。だが一番であるならば、その首を斬るべきだろう」

「ど、どういうこと、ですか？」

「余のために動くということは、ただただ保身に走っているのみだ。余の耳に甘いことばかりを囁いてくる愚臣など、害悪に過ぎぬ。だが、彼奴《きやつ》らを処罰する理由がない」

だからこそ、と前置きして。

ファルマスは鋭い眼光で、遠くを見据えた。

「今から一年、宮廷は混乱する」

「——っ⁉」

「その間、他国に攻められることもあるだろう。先日のように、思わぬ襲撃に遭うこともあるだろう。だが、余は止めぬ。むしろ、それを推奨する。現在は三国連合とアルメダ皇国との二正面作戦だが、これを継続させる。騎士団の被害を最小限に、とにかく延ばす。その際に、先日のリファールの襲撃のように、帝都が攻められることがあるやもしれぬ」

まさか。

ヘレナにようやく、ファルマスの意図が分かった。

軍人である二十八の女。『赤虎将』の副官であった自分を、無理やりと言っていいほどの手段で後宮に入れたこと。

その、最大の理由は。

「いざというときは、王族自らが軍を率いることもある。そうすれば、おのずと士気も上がろう……それが正妃に最も近い存在であるならば、尚更だ」

ヘレナは。

宮廷は混乱を続け、他国に隙を見せる。そんな折、いざというとき帝都を守る——そんな、将軍としての役目。

「八大将軍を動かすわけにいかぬ以上、そこに……『次の八将』と名高い者を入れるのは、当然であろう？」

くく、とファルマスは、可笑《おか》しそうに笑った。

◇◇◇

「さて、余としてはもう少し語らいたいが、少々喉《のど》が渇いたな」

「はい。では、お酒をご用意しましょうか？」

ファルマスのそんな言葉に、アレクシアから言われていた通り、酒を提案する。

本来ならばアレクシアには、「酒にも私にも酔ってほしい」という意味であると聞かされたが、現状では特に意味もない暗喩《あんゆ》である。ファルマスの目的も分かった今、そのような配慮は必要ないだろう。

今夜で純潔を散らすかと思えたが、周囲の評価とは全く異なるこの皇帝――面白い。ヘレナにはそう感じられた。

「そうだな……では、茶を貰《もら》おうか」

「お茶を、ですか？」

「ああ。喉の渇きに、酒は向かぬ」

茶を提供するのはご法度だと言われているけれど、本人が求めるのならば出してもいいだろう。

では、とヘレナは席を立ち、すぐに部屋備え付けの小さな台所へと向かう。茶葉は、最初の荷物と一緒に持ってきていたはずだ。レイルノート侯爵家で飲まれている上等なものではなく、ヘレナが軍で私的に飲んでいる安物だが。

まずヘレナは、昼間のうちに沸かしておいた湯冷ましに、茶葉を入れる。

その間に、薬缶に水を入れて火にかけた。

「どうぞ、陛下」

そして湯冷ましで入れた、冷めたお茶をまずファルマスと自分の前に置いた。

冷めたお茶は「あなたに情熱を持ち合わせていません」という暗喩を含むとは聞いている。だが、喉が渇いた状態で、熱いお茶というのも厳しい。

まずは冷めたお茶で喉を潤し、それから茶の旨味を味わえる熱いお茶を飲むのが、ヘレナの一番の好みだ。

「いただこう」

「安い茶葉ですので、陛下のお口に合うかは分かりませんが」

「ほう、逆にそれは楽しみだ。侍女はいつも、どこどこで採れた何たらのお茶だと申すが、余には味が全く分からぬ」

くくっ、と悪役じみた笑みを浮かべながら、ファルマスがお茶を一口、啜《すす》る。そして、恐らく思った以上に熱くないことに驚いてか、ちらりとヘレナを見た。

ヘレナは同じお茶を、ぐいっ、と一口で飲み干す。

「ふー……陛下？」

「いや……まぁ、いいだろう。ふむ」

同じくファルマスも、冷めたお茶をくいっ、と飲み干す。お茶は冷めている方が飲みやすいのは、誰でも同じだ。

その間に、ヘレナは台所へ向かい、薬缶の水が沸くまで待つ。そして沸いたと同時に、茶葉を入れた。

それを同じく二人分用意し、ファルマスの前に置く。

「どうぞ、陛下。熱いのでお気をつけください」

「うむ」

ふー、ふー、と息で冷ましながら、ファルマスがお茶を口に運ぶ。

そして、やはり熱すぎたのか、少しだけ顔をしかめた。意外と猫舌なのかもしれない、とヘレナは少しだけ微笑む。

「……これは、美味いな」

「ありがとうございます」

「茶を美味いと思うことなど、あまりないのだが……最初に冷めたものを渡されたからか。喉の渇きが潤ってから飲む熱い茶は、随分と風味がするものよ」

皇帝に出すには安すぎる茶葉かとも思えたけれど、意外に好評だった。これまで、喉が渇いた状態で熱い茶を飲んでいたのだろうか。

それでは風味も香りも楽しめないのが当たり前だ。

「ふぅ……茶はもう良い。ヘレナよ、そなたは酒は飲めるくちか？」

「あまり強くはありませんが、嗜《たしな》む程度でしたら」

「なに、そのくらいで良い。少々弱みがある程度の方が、女は愛《う》い」

聞きようによっては女性蔑視《べっし》にも聞こえるけれど、ここは後宮であり、ヘレナは側室だ。ファルマスの発言も、自分の愛でる側室に与える言葉としては良いだろう。

もっとも、武人であるヘレナには、あまり嬉《うれ》しくない言葉だが。

「では、共に飲もうではないか。用意せよ」

「承知いたしました」

ファルマスの言葉に従い、ヘレナは持ってきていた荷物の中から、決して安くない――むしろ高級な酒を取り出す。本当は、一人で飲もうと思っていた高級品である。

勿論《もちろん》、買ったわけではない。アントンの目を盗んで、レイルノート侯爵家から失敬してきたものだ。

ちなみに同じものが、あと三本ある。

度数はやや強いけれど、このくらいで潰《つぶ》れるようなファルマスではあるまい。

「どうぞ、陛下。お注ぎします」

「うむ」

二つのグラスと酒瓶をテーブルに置き、ファルマスのグラスへと注ぐ。光沢のある琥珀色《こはくいろ》の液体が、銀のグラスへと注がれた。

ちなみにヘレナが自分で飲む分については、手酌である。基本的に酒を注ぐのは女の仕事であり、男が注ぐということはない。

「では、乾杯としよう」

「何に乾杯しましょうか？」

「そうだな……今日の出会いに、というのも陳腐であろう。我が後宮の美姫に、といったところか」

「……それは、随分と買い被りでございます」

思わぬ言葉に、そう嘆息することしかできない。

ファルマスはヘレナをそう褒めてくれるけれど、ヘレナにそんな自覚はない。軍の中でも、男社会で生きてきたのだ。見た目についてはもう諦《あきら》めている。

着飾ろうというつもりもないし、服に金をかけるつもりもない。持ってきているドレスだって、ほとんどがアントンの用意した出来合いのものだ。オーダーメイドなど一つもない。

「良いではないか。余がそう思っているのだから、そなたは素直に受け止めれば良い」

「……陛下より十も年上の女に、美姫とは少々物々しいかと」

「美しさは見目だけではあるまい。心の強さもまた美しさであり、鍛えた肉体もまた美しさだ。余は、そなたの生き様を美しいと思う。女の身で軍の中枢に食い込むのは、並大抵の苦労ではあるまい。本来ならば、このような後宮になどおらぬべき人物だ。余は、そなたという咲き誇る野花を摘んだも同然よ」

くいっ、と酒杯を傾けながら、ファルマスがそう独りごちる。

ヘレナを後宮に無理やり入れたことは、ファルマスにしてみれば、あまり気の進まないことだったのだろう。そこに、深い後悔が見える。

「ヘレナよ」

「はい」

「今宵は、無礼講としようではないか。今宵、そなたが余に何を言おうとも、不敬とは取らぬ。その上で、そなたに頼みがある」

「何でしょうか」

頼み、とはファルマスの言葉とは思えない一言だ。

皇帝であるファルマスには、絶対的な命令権が存在する。ただヘレナに命じれば済むことを、わざわざ頼み、とするのはどういった意図なのだろうか。

「先も言った通り、余は宮廷の混乱が落ち着くまで、正妃を迎えるつもりはない」

「はい」

「だが、対外的には仮初めながら、妃を迎えておらねばならぬ。他国の使者をもてなす夜会などだな。その際には、後宮でも最も身分の高い側室を連れるのが慣例とされている」

「……はい」

何だか嫌な予感がしてきた。

だけれど、それを伝えるわけにもいかず、ヘレナはそう小さく返事をする。

「そなたには、それまで正妃となってほしい」

「……私が、夜会に出るのですか？」

「そうだ。余がアントンを疎んじていると、そう臣下には認識されている。それゆえに、ノルドルンド侯爵が発言力を強めている、というのも事実だ。だが、余が対外的にアントンの娘を正妃扱いとすれば、それだけアントンの発言力も高まる。恐らく、それでアントンとノルドルンドの宮廷における力は五分となるだろう」

「……」

よく分からない。

そして分からないことは考えない。これがヘレナの残念な悪癖である。

「余は一年間、宮廷を乱す。だが、政治が乱れようとも国の根幹をなすのは民だ。影響が民にまで及ばぬよう、宮廷における力の均衡を保つ必要がある。そのためには、そなたを余が寵愛《ちょうあい》していると周りに思われなければならぬ」

「……」

「恐らく、他の側室からは疎まれるであろう。特にノルドルンドが無理やりに任じた『月天姫』などは、嫉妬《しっと》に狂うやもしれぬ。だが、そなたにしか頼むことはできぬのだ」

「ええと……」

まずいさっぱり分からない。

だけれど、とりあえずファルマスの言を信じるならば、ヘレナを正妃扱いにすることで何となく問題が解決するっぽい。

なら、別にいいか――残念な脳は、それ以上考えることを拒否した。

「分かりました、陛下」

「……すまぬな。そなたには重責を与えてしまっている」

「構いません。私もまた、陛下の臣下でございます」

そんな風に頭を下げるヘレナ。

それはファルマスから見れば、己の重責を理解し、その上で全てを背負うと決めた女の、凛々《りり》しい姿。

されど本当は、考えることを拒否して、何かすればいいっぽいや、くらいで頭を下げた、適当な女。

しかし人の本音など分かるはずもなく、ファルマスはただただヘレナを高く評価するのみ。

「うむ……では、飲もう。今宵は、余も美味い酒が飲めそうだ」

「はい」

チン、とグラスが合わさり、そして二人だけの宴が始まった。

「ヴィクトルのやつぁひどいんですよぉ。あいつぅ、わたしのことのーきんだのーきんだっていってぇ、もうすこしかんがえろってぇ」

「……本当に酒に弱いのだな」

そんな風に、ヘレナの一番長い夜は、ぐだぐだに終わることとなった。

◇◇◇

「う、ん……」

ちゅんちゅん、と鳥の囀《さえず》りと共に窓から朝日が差し込む。それと共に、ヘレナは痛む頭を押さえながら寝台から立ち上がった。

随分と、昨夜は深酒をしてしまったらしい。しかし、それでも朝日が昇る頃には目覚めるというのは、ヘレナが軍で培ってきた習慣ゆえか。常に朝日が昇るまでには目を覚ましていたというのに、それに比べると少し遅いとさえ言える。

レイルノート侯爵家から失敬してきた高級な酒は、ヘレナの予想以上に美味く、飲みやすく、そして度数が高かった。

「頭、痛ぁ……」

「随分と飲んでいたからな。それもそうだろう。水だ」

「あー……ありがと、ヴィク」

水を受け取り、一口飲む。それだけでも少しだけ、頭痛が和らいだ気がした。二日酔いにはやはり水だ。

あれ？　とそこで疑問に思う。

頭痛のせいで焦点の合わない瞳《ひとみ》に、映るのは男性。しかし、ここは後宮でありヴィクトルはいない。

と、いうことは。

「へ、陛下ぁーっ⁉」

「……何をそれほど驚くことがある」

ばっ、とまずヘレナは、自分の身なりを確認する。

昨夜着ていたドレスのままであり、特に破れているというわけでも脱いでいるというわけでもない。強いて言うならば、そのまま寝ていたせいで皺《しわ》が凄《すご》いことになっているくらいだ。

つまり、昨夜は何もなかった、ということである。

「……余は随分と信用がないらしい」

「へ、陛下⁉　申し訳ありません！　つい！」

「なに、寝て起きたら男がいた、という状況での女の本能だろう。残念だが余は、酔っ払った女など抱く気にならぬ。かといって、泥酔したそなたを置いて戻るのも気が引けただけのことだ」

ようやく、目の焦点が合ってくる。靄《もや》がかかっていたような視界が次第に明瞭《めいりょう》になり、そしてヘレナは部屋の状況を見た。

酒瓶が四本、完全に空になって転がっている。

あれは全部、レイルノート侯爵家から失敬してきた高級酒のラベルだ。つまり、強い酒を昨夜のうちに四本全部飲んでしまったらしい。

そして、ヘレナは酔っ払ってしまうと記憶を失うたちだ。

「へ、陛下……その、私は酒に弱く、記憶を失ってしまうことがあって……」

つまり、昨夜のうちに何か失礼なことをしたとしても、覚えていないのだ。

まずい。

ヴィクトルからは、散々注意をされた。お前は酒癖が悪いんだ、と何度言われたことか分からない。

「構わぬ。余は申したはずだ。昨夜のあらゆる不敬は問わぬ。それに、女の愛い一面を見られたのだ。何を叱責する必要があろう」

「あ、ありがとうございます……」

「だが昨夜、余が申したことは覚えておるか？」

む、と眉根《まゆね》を寄せる。

昨夜、ファルマスに言われたこと。それを必死に思い出す。

というか、色々言われすぎてどれのことか分からない。

多分、正妃扱いとして夜会に出ろ、という頼みのことだと思うのだが。

「……それは、覚えております」

「ならば良い。そなたの呂律《ろれつ》が回らなくなってきたあたりからの話は、戯言に過ぎぬ。覚えておく必要などない」

ファルマスはそう言って、ヘレナに背を向ける。

そしてヘレナの部屋にあるソファとテーブル――そのテーブルの上に重ねられた数多くの書類を、一枚ずつ手に取っては確認する作業へと入った。

「……あの、陛下」

「いや、後宮というのも便利なものだ。執務室ではできぬ仕事ができる」

くくっ、と笑うファルマス。恐らく、この笑い声は癖のようなものなのだろう。

そしてぴらり、と一枚の羊皮紙をヘレナに見せてきた。

「……これは?」

「ノルドルンド侯爵家の領地における、収支報告書だ。ああ、部外者には見せてはならぬものだから、大切に扱えよ」

「何故私に見せるんですか⁉」

わっ、と思わず手が滑って、落としそうになった。

ヘレナは完全に部外者であり、この紙を見てはいけない人間だろう。だというのに、そんなものを平気で見せてくるファルマスの気が知れない。

どことなく、悪戯《いたずら》が成功した、みたいな笑みを浮かべている。ファルマスは美男子と呼んでいい端整な顔でありながら、こんな悪い顔がすごく似合うのだ。

「別に構わぬだろう。今、そなたは余の正妃のようなものだ」

「……ようなもの、ですけれども」

「ならば関係者だ。それに、表の宮廷では言えぬことくらいは、こっちで吐き出させてくれ。俺も少々疲れていてな」

はぁ、と小さく溜息《ためいき》を吐くファルマス。

先程から様々な書類を確認しては、何箇所かに印をつけていっている。ヘレナが持っているノルドルンド侯爵家の収支報告書とやらも、様々な場所に赤でしるしがつけられていた。

一体この数字が、何を意味するのか全く分からない。

「ヘレナ、そなたは算術はできるか？」

「できません」

「……胸を張って言うな。軍での糧秣《りょうまつ》などの計算はどうしていたのだ」

「そのあたりは、算術に優れた者に任せておりました。適材適所とも言いますし」

「……何故だろうな。言い訳にしか聞こえぬ」

ふぅ、とファルマスは疲れたように、ソファの背もたれに身を預ける。

その目の前にある書類は、山が二つ。恐らく片方は全て確認し終えた山で、片方は未確認の山なのだろう。

一体、いつから起きていたのだろう。

「報告されている収支が、多すぎるのだ」

「……どういうことですか？」

「例えば、ここに軍事費の項目がある。貴族に任せている領地も少なからず軍事費が発生するのは当然だ。他国と接している領地などは特にな。だが、ノルドルンド侯爵家の報告してくる軍事費は、あまりにも多い。あの地は他国と接しておらず、援軍を派兵した、という記録も残っていない」

「はぁ……」

かつて軍にいたヘレナからすれば、あまりピンと来ない話だ。

兵士というのは金食い虫だ。騎士ともなれば尚更である。存在しているだけで金の消費になり、しかしそこに生産性はない。

軍事費が多い、というのは当然だと思うのだが。

「ノルドルンド侯爵家の提出している書類における軍事費が、我が国の騎士団一つを運営できるだけの額だ、ということだ」

「莫大《ばくだい》ではありませんか！」

「……だから、そう言っているのだが」

疲れたようにそう嘆息するファルマス。

騎士団一つを運営できるだけの額といえば、相当な金額になる。少なくともヘレナが所属していた赤虎騎士団だけでも、騎士が一個連隊──五千人にも及ぶのだ。そしてその全てが兵士でなく騎士であり、給金は一般兵士よりも遥《はる》かに高い。

逆に民兵で構成されているような騎士団は、指揮官の騎士を中心として数万単位で兵がいる。

それを賄える額──まさに、莫大、としか言えない。

「一体、何故……」

「簡単な話だ。俺の目を盗んで横領をしているからに決まっている」

「それは、斬首に問われてもおかしくない罪かと……」

公金の横領は、死罪だ。軍でも公金に少なからず関わることがあるけれど、仮に手を出した場合、問答無用で死罪とされる。これは法で決まっている間違いのないことだ。

つまり、ノルドルンド侯爵は、既にその手を染めている――。

「ああ。だが、今は泳がせる。他の貴族も同様だな。今すぐにこれを糾弾したところで、蜥蜴《とかげ》の尻尾《しっぽ》切りにしかなるまい。今は証拠固めをし、いずれ我が国に潜んだ膿《うみ》を全て出してみせよう。俺を舐《な》めたこと、後悔させてやる」

「……あの、陛下。先程から、その、俺と」

なんとなく、気になっていた。先程からファルマスの一人称が、『余』から『俺』に変わっているのだ。

多分、こちらが素なのだろうな、とは思うけれど。

「ああ……すまぬ。つい地が出てしまう。まぁいい……ひとまず、そろそろ宮廷に向かわねばなるまい」

「陛下、ご無理はなさらぬよう……」

「ああ。ではな、ヘレナよ。また来る」

「入り口までお見送りさせていただきます」

山ほどの書類を抱えて、そして部屋の扉へと向かうファルマス。さすがに両手が塞《ふさ》がっているため、扉を開けないだろう。どうやって持ってきたのだろうか。

ヘレナは後ろから、自分よりも少し低い皇帝の背中を見ながら、思う。

この背に、どれだけの責任を背負っているのだろう、と。

「ああ、そうだ」

「はい？」

「愛い寝顔は楽しめた。だが、俺は何もしなかった。せめて、これくらいの役得は良いであろう？」

言葉と共に、ヘレナは扉を開いて。

一歩、部屋の外に出て、ファルマスを見送ろうとして。

不意打ちのように。

ちゅ、と唇に柔らかいものが、触れた。

「ではな、我が『陽天姫』よ」

ただ、それだけ。軽く触れ合うだけの口付け。

だというのに。

ヘレナはそこで、まるで石になってしまったかのように、固まってしまった。

あまりに不意打ちで、避けることができなかった。まさかファルマスがあのような行動に出るなんて、思わなかった。

ヘレナは十も年上で、ファルマスからすれば魅力など全くないはずなのに。

鼓動が跳ねているのが分かったけれど、この気持ちが何なのか分からない。

ああ――と、ひとまずそこで。

やっぱりヘレナは、考えることを放棄した。

◇◇◇

「おはようございます、ヘレナ様」

「あー……ああ、おはよう」

ファルマスが帰った後、朝餉《あさげ》の定刻にやってきたアレクシアへ、そう挨拶《あいさつ》を返す。ファルマスからの唐突な口付けに心落ち着かず、つい腹筋を三百回やった後なので、何気にヘレナはいい汗をかいていた。

色々と情報が多すぎて、どうすればいいやらもう分からなくなってきた。そして、考えることが多ければ多いほど思考は放棄される。ひとまずアレクシアが運んできた冷めた朝餉を食べてからお茶を一服。

さて、これから何をするべきか。

「ヘレナ様」

「ん？」

「先程、『星天姫』様仕えの女官より先触れがありました。何でも本日の午後に、茶会を催したいとのことです。ヘレナ様にも是非ご参加を、とのことですが」

む。

少しだけ、ヘレナは眉根を寄せる。

『星天姫』マリエル・リヴィエールには、あまり良い印象を抱いていない。アレクシアから教えられなければ分からなかったが、マリエルがいかにも真実である、という風にヘレナに教えたことが間違いだらけだったのだ。

もしも実行していれば、ヘレナが恥をかいたに違いあるまい。

それに。

「……私は、『星天姫』に嫌われているのではないのか？」

そのように嘘を教えられるということは、決してヘレナは好かれていないだろう。もっとも、まだ最初の出会いしか終わっていないため、そう結論を出すというのも性急だが。

だけれど、マリエルの言葉からして、ヘレナと親しくしたい、という意志は感じられない。

しかし、アレクシアはそんなヘレナの言葉に、これ見よがしに嘆息した。

「何を仰いますか」

「え」

「好かれていないなんて、当然でしょう」

アレクシアは、そうばっさりと斬り捨てる。

ヘレナとしては、できるだけ周囲とは仲良くしたい。ファルマスの思惑に巻き込まれた形ではあるけれど、今こうして後宮にいるのだ。せめて、ご近所関係くらいは仲良くしたい、というのが本音である。

しかし、後宮という場所はそのように甘い場所ではない。

「昨日、ヘレナ様は先触れもなく『星天姫』様の部屋を訪ねました。そして皇帝陛下がお渡りになられたのか、といかにも見下すように聞きました。そして昨夜、皇帝陛下はこの部屋にお渡りになられ、朝まで仲睦《なかむつ》まじく過ごされました……どこに、ヘレナ様が好かれる要素があるのですか」

「……う」

「昨日も申し上げましたが、後宮は魔窟《まくつ》を超える魔境です。こんな場所で、友人関係を作るなど諦《あきら》めてください」

むぅ、とヘレナは下唇を突き出す。

できることなら穏便に過ごしたかったのだが、ファルマスの思惑とヘレナの立場が、そうさせてくれないらしい。

だから、仕方なくヘレナはアレクシアを見やる。

「アレクシア」

「はい」

「なら……その、私は、これからどのように振る舞うべきだと思う？」

アレクシアはファルマスの思惑を知らない。

きっと、他の者と同じように、放蕩《ほうとう》の限りを尽くす愚かな皇帝だと思っているのだろう。だけれど、そんなファルマスの意図を、殊更周りに伝えるわけにはいかない。

ファルマスが、何故ヘレナに話してくれたのかは分からないけれど、ファルマスの行動如何《いかん》によっては、恐らくガングレイヴ帝国は滅亡の憂き目にすら遭うだろう。

だからこそ、アレクシアに聞いておかねばならない。

ファルマスの思惑を知らぬヘレナならば、どのように振る舞うのが正しいのか、を。

「そうですね……」

アレクシアは軽く顎《あご》に手をやり、そして首を傾げる。

そのような仕草にも、どこか愛嬌《あいきょう》が見えるのは若さゆえだろうか。恐らく、ヘレナがやったところで痛々しいだけだろう。

「まず、午後の茶会には出席なさるべきですね」

「……やはりか」

「はい。ヘレナ様は現状、五十人を超える側室の中で、唯一陛下からの寵愛《ちょうあい》を受けた側室となっておられます。国中のあらゆる美姫が集められたこの後宮で、唯一、です」

「……え、そんな評価なのか？」

確かに、『月天姫』にも『星天姫』にも、ファルマスは訪れていない。

そして最も上位である三天姫の二人の部屋を訪れていない以上、それより下級の側室の部屋へ向かうのは、あまりに常識外れだ。

つまり、ファルマスが寵愛しているのは、ヘレナだけ――。

ぼっ、とそれだけで、顔が赤くなった。

この胸に渦巻くような、うずうずする感情は何なのだろうか。

とりあえず腕立て伏せでもして落ち着こうか、と考えたけれどやめておいた。今はアレクシアと話しているわけだし、鍛練は話が終わってからでいい。

さすがに、人と話している途中に鍛練を始めるほどヘレナは常識知らずではないのだ。

「陛下が何をお考えなのかは分かりませんけど、ヘレナ様のお部屋にしかお渡りされておりません。これは他の側室に対する強みとなります」

「うーん……」

「そして、茶会に出席することによって、よりヘレナ様の評価は高まるでしょう」

そのあたりが、全く意味が分からない。

何故ヘレナが茶会に出る必要があるのだろう。現状、他の側室と仲良くできる要素はなく、そして他の側室よりも上位に位置するのがヘレナという存在だ。

仲良くできないのならば、最初から歩み寄る必要などないだろう。

「その……何故、私が茶会に出ることが……」

「余裕を見せ付けるのです」

「は？」

「陛下のご寵愛を受けているヘレナ様は、あらゆる側室からの嫉妬《しっと》の対象となります。恐らく、少なからず嫌がらせや虐めのようなものを受けることがあるでしょう。しかし、そんな程度怖くはない、と茶会に出席することで表明するのです。それが、ヘレナ様の余裕を体現し、後宮に渡り知らせることができると思われます」

「なるほど」

全く意味が分からない。

だけれど、とりあえずヘレナが茶会に出なければならない、ということは分かった。というか、結論は「よく分からんけどアレクシアの言う通りにしよう」というあたり、ヘレナの残念な脳は今日も稼動しない。

しかし。

「嫌がらせや虐め、か。軍の頃にも、あったな」

軍とは閉鎖社会であり、階級が存在する以上は少なからずそこに、人同士の諍《いさか》いが存在する。ヘレナとて、何度殴られたことか分からない。それも、自分より立場が上、というだけの上官に。下手に抵抗をすれば上官に対する反抗となり、かといって甘受し続ければいつまで経っても終わらない。今思い出しても腹立たしいものだ。

ちなみにそんな最悪の上官は、女ということで一人だけ他のテントで寝ていたヘレナを無理やり手篭《てご》めにしようとして、軍法会議にかけられた。恐らく、今は牢《ろう》の中にいるだろう。

そんな、少しだけ懐かしい思い出に、ヘレナは口角を歪《ゆが》める。

嫌がらせだろうと虐めだろうと、そんなものは戦場に身を置いてきたヘレナに、何の意味もない。年若い女がしてくる悪戯《いたずら》など、どれほど可愛らしいものか。

「なるほど。確かに、軍も閉鎖社会ですからね」

「ああ。向こうは男社会だから、割と肉体言語に頼ったものばかりだ。鉄拳《てっけん》制裁など、何度受けたことか分からん。そんな私に、ただの虐めや嫌がらせが通じるとは思わないことだな」

「まぁ、確かにそんな暴力に比べれば、可愛らしいものかもしれませんけど」

アレクシアが苦笑する。

それもそうだろう。ヘレナの経歴を考えれば、戦場も知らない令嬢がやることなど、ただの悪戯にしか過ぎないのだから。

だが。

「例えば……そうですね。朝起きて扉を開くと、そこに生首があるとか」

「人間のものでなければ、問題ないな」

「大抵は鶏だとか、豚だとか、そういったものばかりだそうですが。あとは、虫や蛇などが扉の前に置かれていたりとか」

「蛇ならそこで焼いても構わないな。意外とあれは栄養豊富だし美味《おい》しい」

「……お願いしますから、なさらないでください」

本気で頼み込むように、目を伏せるアレクシア。

美味しいのだが。

「あとは」

「うん」

「本日のように茶会に招かれて、参加したはいいものの全く会話に参加することもできず、放置されるとか、でしょうか。すごく盛り上がっている話が、へレナ様が参加しようとするとすぐに終了するだとか、ですかね」

想像してみよう。

茶会に招かれた。よろしくお願いします。ヘレナは座っているだけで、周囲は非常に盛り上がっている。しかし会話の内容が分からない。これは軽く拷問である。

ねぇ、何の話をしているの？　ああ、大丈夫ですよ、関係ありませんから。そこで会話終了。やはりへレナは誰とも話をすることができない。

これは完全に拷問である。

「え……女って、そんなに陰険なのか？」

「ヘレナ様、ご自身も女性です」

つい出たヘレナの言葉に、アレクシアが返したのは身も蓋《ふた》もない突っ込みだけだった。

第四話　脳筋令嬢と敵だらけの茶会

午後からの茶会。

既に考えるのも憂鬱《ゆううつ》だが、ヘレナが後宮にいる限り、避けては通れない道だ。アレクシアにそれとなく断る方法はないものかと聞いてみたけれど、やめておいた方が良い、と諫められた。

ヘレナに詳しいことは全く分からないけれど、とにかく参加しなければならないらしい。アレクシアの言う通り、まるでヘレナをいないものとして会話が盛り上がった場合、ヘレナはどうすればいいのだろうか。

いざとなれば、「私のことは気にしないでくれ」と伝えたうえで、端で腕立て伏せでもしていようか。

否。

今の問題はそれよりも。

「……午後まで何をしようか」

現状の、退屈さである。

後宮というのは、その役割からして皇帝の夜の営みのために存在するものだ。自然、昼間にすることなど何もない。

そんな場所に何十人と姫を集めている、というのも国費の無駄遣いのような気もするが、昨夜のファルマスの様子を見る限り、考えがあってのことなのだろう。そしてファルマスのような深い考えなどないヘレナが、そんなことを考えても無駄だ。

そして、考え事をするには適さない頭をしたヘレナに、考え事をしながら時間を潰《つぶ》す、という選択肢はない。

「でしたら、中庭の散策でもしてはいかがでしょうか、ヘレナ様」

「中庭？」

「はい。後宮の中庭は、色とりどりの花が咲いています。特に今の季節は見ごろですし、いかがでしょうか？」

花か。

ヘレナは花に、特に興味があるわけではない。植物を見れば、それが食用に適したものであるか、という点しか気にしない。

だが令嬢というのは、花を見ながらうふふ、とか微笑んでいるのが普通なのだろう。ヘレナはそんな自分を想像して、鳥肌が立った。自分には似合わない。

「……別に興味はないな」

「そうですか？　でしたら、本などお持ちしますが」

「本か……」

ヘレナは一応貴族の出自であるのだが、貴族としての教育をほとんど受けていない。そもそも女を政略の道具に使わないレイルノート家では、個人の自由を尊重していたのだ。

だからこそ幼い頃から鍛錬することばかり楽しんでいたヘレナが、軍に入ることにしたのも必然だったのかもしれない。

そして軍という組織において、座学よりも求められるのは実戦だ。経験を積むことで、より良い指揮官になることができる。

そこに、本という存在が入ることはない。

端的に言うと、活字が苦手なのだ。

「あまり、本は好きじゃない」

「でしたら……お茶でも淹れますか？」

「朝からもう何杯も飲んでるからな……あまり欲しくはない」

やることがなければ茶を飲むしかない。

そのためヘレナは、朝から茶ばかり飲んでいるのだ。午後からの茶会を考えると酒を飲むわけにもいかない。

「……では、刺繍《ししゅう》などいかがですか？」

「繕い物は得意ではない。手先が不器用でな」

「でしたら、編み物など」

「緊急時に使える持ち運び用の縄編みくらいならばできるが」

「詩を詠まれる、などいかがでしょう？」

「詩の何が楽しいのか分からん。字を書くことすら億劫《おっくう》だ。だから報告書は部下に任せていた」

「絵画などは……」

「私が描くと、人間の形を保っていないらしい」

……。

あれも駄目、これも駄目、とアレクシアの提案をヘレナは全て蹴《け》る。

読書、刺繍、編み物、詩、絵画――大抵の令嬢の趣味は、このあたりだ。大抵の令嬢は、室内でできる趣味を好む。

だがその全て、ヘレナには全くできないものばかりだ。

「……あの、ヘレナ様」

「ん？」

「ヘレナ様の、ご趣味は何なのですか？」

たまりかねた、とばかりにアレクシアが、頭を抱えながら尋ねる。

趣味。

うーん、とヘレナは、頭を振り絞って考えた。

趣味というのは、好んで習慣的に行うものであり、労働時間と生理的必要時間以外において行うことだ。

ヘレナが、毎日のように行っていること。そして、これからも継続していくべきこと。

それは。

「体を鍛えることだな」

「……」

「腕立て伏せ、腹筋、屈伸運動、背筋、重量上げ、走りこみだ。体を苛《いじ》め抜く感覚は、他の何よりも快感だな」

「……いえ、恐らくそうだろう、と思っていましたけど」

む、とヘレナは眉根《まゆね》を寄せる。

体は鍛えれば鍛えた分だけ、己の成長に繋《つな》がるのだ。それほどに楽しいことは他にあるまい。

軍に所属し、戦場を駆けることは、それだけで体を鍛えることに繋がる。だがここは後宮であり、毎日のように怠惰な日々を過ごさねばならないのだ。それだけ、筋肉が衰えることになる。

ならば次に出陣をするときのためにも、常に体は鍛えておくのが当然だろう。

「ですがヘレナ様」

「ん?」

「今、しています」

現在、アレクシアはヘレナの背中に乗っている。

そして先程から会話をしながら延々、ヘレナは腕立て伏せを繰り返しているのだ。恐らく、回数なんて数えていないのだろう。ちなみにアレクシアの体感では、既に五百を超えている。

それだけの回数、アレクシアを背中に乗せたままで行えるヘレナは、どれだけ力が強いのだろう。

「……それもそうだな」

「ですので、それ以外を聞いたのですけれども」

「ふむ」

腕立て伏せも、永遠に続けられるわけではない。

さすがにヘレナとて、長く続けると苦しいし辛い。そこに休憩が挟まれるのは当然だ。そして休憩時間にヘレナがやることといえば、ゆっくりと体を休めることだけである。

そう考えると、ヘレナは完全に無趣味と言ってもおかしくない。

「ないな」

「……やはり、ないのですか」

「うむ。ない」

どれほど頭を絞って考えても、体を鍛えること以外に何も見つからない。

強いて言うならば乗馬があるが、これも軍馬に乗って敵陣を駆けるためであり、必要ゆえに行ってきたものだ。そして後宮という閉鎖空間で、乗馬を行うことなどまずできないだろう。

「……では、ヘレナ様は夜など、どのように過ごされていたのですか？」

「そうだな……同僚や部下と酒を飲んでいたかな」

軍とて、年中戦場にいるわけではない。少なからず休暇はあるし、訓練が終わればあとは自由な時間だ。

そんな自由な時間、ヘレナは何をしていたか――大抵の場合、ヴィクトルや他の部下と酒を飲んだり、食事をしながら過ごしていたはずだ。

そしてその度に潰れては、ヴィクトルに介抱されていたのもいい思い出である。

「……ヘレナ様」

「ん？」

「あなたは、本当に令嬢なのですか？」

そう、失礼なことを聞いてくるアレクシア。

しかし実際、ヘレナに令嬢らしさは欠片《かけら》もない。花を愛でる暇があれば体を鍛え、詩を詠む暇があれば体を鍛え、刺繍を楽しむ時間があれば体を鍛え、読書を嗜《たしな》む時間があれば体を鍛える――そんな令嬢など、いるはずがないだろう。

「うむ……そのはずなのだがな」

アレクシアの問いかけに、そうヘレナは首を捻《ひね》る。

そしてようやく腕立て伏せを終えて、アレクシアを下ろしてからソファへと腰掛けた。

いい汗をかき、一息ついてから。

「確か、ヘレナ様には妹様がおられましたよね？」

「ああ」

「妹様は、ご趣味は何を？」

アレクシアも諦《あきら》めたのか、ヘレナではなくヘレナの周囲についてそう聞いてくる。

だが、答えることは。

「アルベラとは、よく庭で木剣を使って訓練をしていたな。リリスとは、主に徒手格闘の訓練をしていた。全く、二人とも軍に入れば良かったものを、と何度も考えてしまう逸材だった」

「……」

アレクシアは、そんなヘレナの答えに、今日何度目か分からない頭痛を覚える。

血とは、恐ろしいものである。

◇◇◇

アレクシアが運んできた、冷えた昼餉《ひるげ》を食べる。相変わらずこの冷えた食事には満足できないけれど、それ以上に懸念するのはこれからのことだ。

『星天姫《せいてんき》』マリエル・リヴィエールの主催する茶会――これから、ヘレナはそれに参加しなければならない。

茶会について、詳しいことはアレクシアが説明してくれた。

「後宮における茶会は、側室様方の日々の無聊《ぶりよう》を慰める集まりです。表向きはそうなっていますね。ですが実質的には、お互いの情報収集と後宮内における立場の確認のようなものです。わたしも二度ほど、給仕の女官としてご一緒させていただいたことがありますが……それはもう、毒と厭味《いやみ》の言い合いです。とても心落ち着いて話をできる場所ではありませんね」

どうしてそんな場に出なければならないのだろう。

そうは思うけれど、ヘレナは茶会に出なければならない。出ないとアレクシアが怖い。

余裕を見せ付ける、などとアレクシアは言っていたが、女が二重音声で会話をするようなそんな場で、ヘレナが余裕など持てるはずがないだろう。

「今回は、わたしがヘレナ様専属の女官として参加いたします。もしヘレナ様がお辛い状況に陥れば、どうにか助け舟を出します。ですので、ご安心ください」

何をどう考えても安心できない。

そんな言葉が繰り広げられる場所よりも、戦場の方がどれだけ落ち着くことか。言葉の裏にある意味を探りながらの戦いよりも、剣と剣とのぶつかり合いの方がどれだけ楽なことか。

結局、気を落ち着けるために屈伸をすることにした。アレクシアを肩に乗せて。

もう鍛練については、アレクシアは何かを言うことを諦めたらしい。

そこで部屋の扉が、コンコン、と二度叩《たた》かれた。

ついに来た――アレクシアを急いで下ろし、ヘレナは優雅にソファへと座る。そして代わりに、アレクシアが訪問者に対して扉を開いた。残念ながら額に浮かんだいい汗は隠せていないけれど、それ以外は完璧《かんぺき》な、部屋における令嬢の姿だ。

「失礼いたします、『陽天姫《ようてんき》』様」

入ってきたのは、昨日の訪問で見かけた侍女。

ヘレナは頭は悪いが、記憶力はそれなりに良い。赤虎《せきこ》騎士団で一軍を率いていたヘレナは、下士官のことも覚えておかねばならなかったのだ。ヘレナが下士官について知っているかどうかによって、変わる配置もある。

だからこそ、この二日で出会った人物は、大抵覚えている。『月天姫《げってんき》』シャルロッテ嬢、『星天姫』マリエル嬢、イザベル女官長にアレクシア、そして皇帝ファルマス。

さすがに『月天姫』の部屋にいた十人以上の侍女については全員を覚えられていないけれど、『星天姫』の部屋にいた侍女は四人だ。その顔くらいは、僅《わず》かな邂逅《かいこう》とはいえ覚えた。

そして、そんな『星天姫』の侍女にいた一人が、彼女だ。

「どちらの使いで参られましたか？」

応対するのは、アレクシアである。

たかが侍女を相手に、ヘレナが自ら相手をする必要はない、と言われたためだ。事前にアレクシアにそう言われていなければ、きっとヘレナ自ら扉を開いただろう。

アレクシアには苦労をかけ通しだ。

「『星天姫』マリエル・リヴィエール様からの使いで参りました」

「用件を伺いましょう」

「間もなく、『芍薬《しゃくやく》の間』で『星天姫』様ご主催の茶会が執り行われます。『陽天姫』様にはそれにご参加いただきたいとのことです」

「承知いたしました。準備を整えて参りましょう」

失礼いたします、と侍女が出てゆく。

さて、では向かうか、とヘレナは僅かに腰を上げて。

「まだです、ヘレナ様」

「え」

「すぐに向かう必要はありません。暫くはまだお待ちください」

「え、でもだって、もうすぐ」

アレクシアが何を言っているのか分からない。

先程の侍女は、間違いなくもうすぐ茶会が始まる、と言っていた。それに対してアレクシアは参加の旨を伝えた。と、いうことは参加するのだろう。

午前のうちに、「茶会に出るのに相応《ふさわ》しい格好に」とアレクシアに半ば無理やり着せ替えさせられている。このまま向かっても問題ないだろう。

だが、アレクシアは待てと言う。

「すぐに向かっては、ヘレナ様が他の側室に軽んじられるだけでしょう」

「へ？」

「使いがあってすぐに『芍薬の間』に行かれて、誰もいなかったらどうされますか？　そこに少し遅れてきた『星天姫』様とその取り巻きに、『あら、もう来ていらしたの。それほどあたくしの茶会を楽しみにしていただけたなんて、光栄ですわ』などと言われますよ」

まるで見てきたように、そうヘレナに伝えてくるアレクシア。

それの何かまずいのか、ヘレナは僅かに首を傾げる。

「いいですか、主賓は遅れて登場するものです。全員を待たせるくらいで丁度いいのです。まずヘレナ様、湯浴みをなさってください。それから向かっても問題ありません」

「え、でも、もうすぐって」

「女官として、汗をかいて冷えたヘレナ様を茶会に向かわせるわけにはいきません。お召し物は新しいものを出しましょう。わたしは湯を取って参りますので、少々お待ちください」

「ええと……」

本当にそれでいいのだろうか。

ヘレナは、基本的に時間を守る人間だ。というか、軍という組織にいる人間で、時間を守れない者などいないだろう。

遅刻は、その人間の品位を貶《おとし》める——そんな信念さえある。

だというのに、アレクシアは敢えて遅れろ、と言う。その意味が分からない。

「……ううん」

アレクシアには悪いけれど、ヘレナは時間を守りたい。

まだ全員来ていなくて、「あら、そんなに楽しみにしていらしたの」と言われたところで、ヘレナに何の痛痒《つうよう》もない。

だから今、アレクシアが湯を取りに行っている今すぐ、『芍薬の間』とやらに向かうのがいいだろう。

よし、とヘレナはこっそり、部屋の扉を開いて。

「ヘレナ様、言っていませんでしたが、湯はこの近くで沸かしていますので、すぐに取りに行けるのですよ」

湯の入った桶《おけ》を抱えたアレクシアが、にこり、とヘレナの独断専行を妨げた。

◇◇◇

結局、湯浴みで全身を磨かれた後、新しいドレスに身を通すまでヘレナはアレクシアの人形のように従うしかなかった。

人に湯浴みの世話をされるというのは、どうにも慣れない。大体、戦場では体を拭《ふ》くことさえできれば御の字で、それすらもできない日々が多かったのだ。戦場において、水は貴重なのである。

雨の日、男連中が裸になって浴びていたほどだ。

結局、ヘレナが部屋を出たのは、使いの侍女が来てから随分経てのことだ。

何度となく、今回の茶会でヘレナがどう振る舞うべきなのかをアレクシアに教授されながら必死に覚えた。ろくに回らない頭で、どうにか覚えたのだ。

だが、実際にそれを茶会で示すことができるのだろうか。

「……アレクシア」

「『芍薬の間』は右手に曲がりまして突き当たりにあります」

部屋を出て、そしてどこに向かうのか分からなかった。

よくよく考えてみればヘレナは昨日この後宮に入ったばかりであり、間取りなど頭に入っていない。よくそれで、一人で向かおうとしたものだ。アレクシアが止めてくれなかったら、後宮で一人迷子になっていたかもしれない。

だがアレクシア曰《いわ》く、主人が先を歩き、女官はその後ろに従わなければならないのだ。つまり主人――ヘレナが道を知らなくても、先を歩かなければならない。

だからこそアレクシアの名を呼んだのだが、聡《さと》い女官はそれだけで察してくれた。

ヘレナはアレクシアの言葉に従って、歩く。そして追従するように、後ろを歩くアレクシア。

「『芍薬の間』ということは、他にも茶会が行われる場所がある、ということ？」

「はい。『芍薬の間』『百合《ゆり》の間』『牡丹《ぼたん》の間』の三箇所ございます。基本的には『芍薬の間』は『星天姫』様が、『百合の間』は『月天姫』様が使われます」

「……あー、茶会の場所も決まってるのか」

どうしてそれほどまでに、自分たちの場所を分けたがるのだろう。

しかしそうなると、消去法で『陽天姫』であるヘレナが茶会を主催した場合、使うのは『牡丹の間』となる、ということだろうか。

「『牡丹の間』は、三天姫《さんてんき》の立ち入りを禁じられています」

「え、そうなのか」

「はい。元々、後宮における身分において、三天姫は別格とされています。それに不満を覚える下級の側室もいよう、ということで、『牡丹の間』は三天姫の立ち入らない空間とされているのです。この『牡丹の間』で行われるのは、大抵が三天姫に対する愚痴や不満ですね。そして、『牡丹の間』でそれが話されている限りは、処罰することができません」

「なるほど」

面倒臭い。

それがヘレナの、正直な感想だった。確かに三天姫は正妃に次ぐ存在であり、後宮における最高位だ。

そこに嫉妬《しっと》や不満を抱くのは当然である。だからこそ、『牡丹の間』がその不満のはけ口として使われているのだろう。

「まぁ、私は茶会を開くことなどないから、別にいいけれど」

ひとまずそのまま進み、ヘレナは突き当たり——『芍薬の間』、その扉を軽く叩いて、それから開いた。

そこにはテーブルと、その周囲を取り囲む七つの椅子。そのうち六つに、既に女性が座っており、その視線が一斉にヘレナを射貫く。

その視線に込められた感情は——決して友好的ではないが。

「あらあら、ようこそいらっしゃいました、『陽天姫』様。てっきり侍女が伝えていなかったのではないか、と思って使いをやろうとしていたところですわ」

うふふ、と中央。

丸テーブルの、最も入り口から遠い席に座る、絶世の美少女。

マリエル・リヴィエールが、目を細めて微笑んでいた。

「申し訳ない。少し遅れてしまいましたかな」

「いえいえ、とんでもないですよ『陽天姫』様。どうぞ、お座りになってくださいな。宮中侯であるレイルノート家の令嬢でもあります『陽天姫』様のお口に合うかどうかは分かりませんけれど、東の国から仕入れたお茶を用意させていただきましたわ」

マリエルに促され、七つの椅子——そのうち、空いている席へと座る。

そして、その後ろでアレクシアが直立して控えた。

「ありがとうございます、『星天姫』様。他の側室の皆様は、私のことをご存じと思ってよろしいのでしょうか？」

「ええ、勿論《もちろん》。宮中侯の息女が後宮に入られた、という話は有名ですから」

「そうですか。ですが、他の皆様について私は存じ上げておりません。紹介してはいただけませんか？」

「それもその通りですね。では、あたくしの方からご紹介をさせていただきますわ」

口では平静に振る舞っているが、内心へレナの鼓動はどっくんどっくん脈動している。

下手なことは言えないし、口調を雑にするわけにもいかない。アレクシアに注意されたことをとにかく繰り返し思い出しながら、しかし表情には出さずに茶を一口傾ける。

味なんてさっぱり分からない。

「こちらが、レティシア・シュヴァリエ男爵令嬢ですわ。シュヴァリエ家とリヴィエール家は、昔からよく取引をさせていただいておりますの。レティシアともあたくし、幼い頃から付き合いがありますの」

「レティシア・シュヴァリエと申します、『陽天姫』様。お見知りおきを」

「ヘレナ・レイルノートという。よろしく頼む」

基本的に、ヘレナが敬語で話すべき相手は『星天姫』マリエルのみ。

三天姫として同格に値するマリエルだけは敬意を持って対応する必要があるが、それ以外の側室に対しては、下手に出てはいけないのだ。

そのあたりも、アレクシアから口を酸っぱくして言われた。

「レティシアは三天姫の下に位置します、『九人《くにん》』の一人でもあるのです。レティシアは『佳人《かじん》』の立場にありますわ」

「まぁ、マリエル様。恥ずかしいですよ。わたくしのような者に、『佳人』の立場など畏《おそ》れ多いものです」

「それを言うなら、あたくしの『星天姫』など、地位に見合ったものではありませんわ。『陽天姫』様のように宰相閣下のご息女というならまだしも、あたくしなんて成り上がりの男爵令嬢に過ぎませんわ」

「何を仰られますか、マリエル様。マリエル様のように、十六歳でありながら佇《たたず》まいに知性が滲《にじ》み出るお方は、ただの側室としては扱われますまい。かの伯爵令嬢のように、相国が無理やりに立場を考えない地位におさめたわけでもありますまいに」

「あらあら、あのお方は伯爵令嬢で、あたくしは男爵令嬢ですわ。今でこそ同じ三天姫として振る舞わせていただいておりますけれど、本来ならば天上人ですわよ」

おほほ、とでも笑い声が出そうな会話。

ただ聞いているだけでもげんなりしてくる。

誰のことを言っているのかは明確にしていないが、明らかに誰のことを言っているのか分かる、というのも嫌なものだ。どうやら『星天姫』と『月天姫』の仲は、あまり良くないらしい。

というより、仲が良いはずがない、というのが事実だろう。

順々に、マリエルが同席している側室たちを紹介してゆく。三天姫に次ぐ地位である九人に入っているのは最初に紹介されたレティシアのみで、あとは二十七婦《にじゅうしちふ》に位置する者ばかりだった。

さすがに三天姫より格は下となるが、『星天姫』に阿《おもね》る九人はさほどいないらしい。

「そういえば――」

そこで、マリエルの目が細められる。

これは、元より覚悟していた話題。今日この日に執り行われる茶会に、ヘレナの出席が求められたことは、明らかにこの話をするため。

ごくりと唾《つば》を飲み込んで、ヘレナは心の中だけで己に檄を送る。

がんばれ、自分。

「昨夜、陛下がとある側室の寝所にお渡りになられた、と部屋付きの女官から伺ったのですが」

「ああ、その噂でしたらわたくしも聞きましたわ」

「後宮に集められて、もう一年が過ぎようとしておりますのに、陛下がお渡りになられたことは今まで一度もありませんでしたもの。誰の下にお渡りになられたのか、までは言いませんでしたが……」

すっ、とマリエルの眼差しが。

それに追従する、十個の瞳《ひとみ》が。

ヘレナを、射貫く。

「『陽天姫』様は、陛下がどちらにお渡りになられたか、ご存じですか？」

全てを分かっていながらにして、そう問いかけてくるマリエル。

どう考えても好意的でなく、ヘレナの口から皇帝の寵愛《ちょうあい》をいただいた、という言葉が発せられるのを待っているのだ。

それがどういう効果を持つのか、ヘレナには分からない。

だが決して、良い感情を持たれるはずがないだろう。

アレクシアに目配せをしたいが、残念ながらアレクシアは背後。そして質問をされながらにして女官であるアレクシアに意見を求めるということは、この茶会で軽んじられるも同然だ。

アレクシアは言った。余裕を見せ付けろ、と。

ならば、見せ付けてやる。

「『星天姫』様は、そんなにも誰が陛下の寵愛をいただいたか、気になられるのですか」

「それも当然ですわ。後宮にいる以上、あたくしも陛下の妻の一人ですもの。一年近くもお姿を見かけておりませんけど、そんな陛下がご寵愛なさる側室がいるとなれば、気になるのも当たり前ではありませんか」

「それもそうですね。誰に憚《はばか》りなく申し上げましょう。昨夜、陛下は私のお部屋にいらっしゃいました」

素直に、そう答える。

ざわっ、と一瞬、マリエル以外の側室たちが騒ぐのが分かった。恐らく、話は伝わっていただろうに、うそ臭い演技をしてくれるものだ。

もうやだこの空間――そう思いながらも、ヘレナの表情は余裕を崩さない。ヘレナは残念な頭をしているが、このように振る舞う限りそう見えない、というのが彼女の残念さをより引き立てるのだ。

まさに詐欺である。

「まぁ。では昨夜は、『陽天姫』様が陛下のご寵愛をいただいたのですか?」

「ええ。朝方まで私の部屋で過ごされてお戻りになられました」

「羨《うらや》ましいお話ですね。あたくしも、陛下のご寵愛をいただきたいものですわ。いつ陛下がお越しになられてもいいように、体を清めているのですけれども」

うふふ、とマリエルが微笑む。

だが、その瞳の奥にある嫉妬の炎は、隠せていない。恐らく情報としては知っていたけれど、いざヘレナ本人からその話を聞くと、心穏やかにいられないのだろう。

実際のところ、ただファルマスの真実とこれからの思惑を話されただけなのだが。

そして、かりそめの正妃扱いとして振る舞うだけなのだが。

本当にこれを寵愛と呼んでいいのか甚だ疑問ではあるが、それを、この場で話すわけにはいかない。

「『陽天姫』様は、どのようにして陛下のご寵愛をいただいたのですか？　あたくしにも是非教えていただきたいのですが」

「別段、何もしておりません。ただ私の部屋に陛下がお越しになられただけです」

「では、陛下も新たに入った美姫を一目見よう、とお越しになられたのですね。あたくしの参内の際にもお越しいただきたかったですわ」

実際のところ、ヘレナにどうすればファルマスの寵愛が得られるのか、という話を聞いたところで、そんなもの分かるはずがない。

だが、これはマリエルからの牽制《けんせい》だ。

自分よりも見目は遥《はる》かに劣るあなたが、何故皇帝の寵愛を受けているのか――恐らく、副音声ではそう聞こえるのだろう。

――いいですか、ヘレナ様。

事前に、アレクシアに言い含められたことを、繰り返し心の中で確認する。

自然と、話の内容が傾いてきた。そしてファルマスがヘレナの部屋以外を訪れていない、ということも確認できた。

ならば今度は、何故ヘレナの下へファルマスが訪れたか、という話になる。

——他の美姫にはなく、ヘレナ様にしかないものを使うのです。それが虚言であれ、そんなことは関係ないのです。真実なのかどうかを確かめるすべなどないのですから。

きりきりと胃が痛くなってくる。

ファルマスの思惑を話すことはできない。

そして今から一年は正妃を選ぶつもりのないファルマスが、後宮へ渡り他の側室と火遊びをすることはないだろう。そこで世継ぎの一人でもできれば、それだけで宮廷の力の均衡が崩れることになるのだ。

だからこそヘレナは、ファルマスがヘレナだけを寵愛する、もっともらしい理由を言わねばならない。

そしてそれは、他の誰にも真似のできないもの——。

「『陽天姫』様のようにお美しくなれば、あたくしも陛下にご寵愛をいただけるのかしら」

「マリエル様はお美しいですよ。このレティシアが保証いたします」

「ではあたくしに、何が足りないのかしら？　『陽天姫』様、是非陛下のご寵愛の際に、あたくしにもご寵愛をいただけるよう口添えしていただいてもよろしいかしら？」

機は、ここだ。

ヘレナは内心で脂汗をかきながら、マリエルに対して小さく口角を上げてみせる。

それだけで、少し悪人面に見えるのは、きっと父であるアントンの影響だろう。

「口添えするくらいならば、構いませんよ」

「本当ですか？　ありがとうございます、『陽天姫』様」

「ですが、陛下がお越しになられるかどうかは分かりません。陛下は少々……変わっておられるものですから」

心の中で、必死にファルマスに謝る。

今からヘレナは、最大級に皇帝を貶《おと》めるのだ。もしこれから、ヘレナの部屋をもう一度訪れることがあれば、しっかり本人にも謝ろう。

しかし、ヘレナは余裕の表情を崩さず。

「陛下は、随分年上好きのようですからね」

平均年齢十六歳。

そんな後宮の美姫たちが――二十八歳の側室を前に、言葉を失った。

「……」

「……」

「……」

「……」

「……」

「……」

ヘレナの投げつけた特大の爆弾で、茶会に参加していた側室六人、全員が黙り込む。

元より彼女らの平均年齢が十六歳であるのは、現在十八歳である皇帝ファルマスに合わせてのことだ。アレクシアにも聞いたが、二十歳を超えている者ですら珍しいらしく、最高齢のヘレナ二十八歳の次が二十一歳なのだそうだ。

だからこそ、これはヘレナにしか持ち得ない優位性。

これを切り札にすれば、側室を黙らせることができる——そう信じて切ったカードだ。

「……そう、なのですか。陛下は」

最初に沈黙から脱したのは、想像通り『星天姫』マリエル。

少なくともこの茶会において、リーダーとしての役割を担っている彼女が復活しなければ、他に追従する側室たちも従いようがない。

できれば復活してほしくなかった。もう帰りたい。

「ええ。お分かりいただけましたか？」

「……ええ、よく分かりました。あたくしも陛下にご寵愛をいただきたかったのですが、『陽天姫』様のような年頃がお好みとあらば、あたくしなど相手にされないのも道理でしょう」

「そうでしょうね。陛下は小娘になど興味がない、と仰っておられましたし」

嘘である。

だが、ヘレナの優位性を保つには、ファルマスの言を捏造《ねつぞう》するしかない。宮廷の混乱が落ち着くまで、マリエルの部屋へとファルマスが渡ることはないのだ。真偽の確かめようもない。

「さすがはレイルノート宮中侯とでも申し上げましょうか。まさか陛下のお好みが、それほどに年上の淑女だとは誰も知りませんでした」

「偶然ですよ。レイルノート家では私以外に後宮に入れる者はいませんでした。今回はたまたま、私が陛下のお好みに合致しただけのことです」

「あまり謙遜《けんそん》をしすぎるのも厭味《いやみ》にとられますわよ。宰相閣下についてのお噂は聞き及んでおります。『陽天姫』様は知らずとも、宰相閣下が『陽天姫』様を後宮に入れたのであれば、そこにご配慮されてのことかもしれませんわ」

そんなわけがない。

ヘレナも何度か、父アントンがどれほど有能なのか色々聞いてきた。しかし残念ながらヘレナにしてみれば、石頭の頑固親父でしかない。

だがアントンの評価も、ひいてはヘレナの評価に繋《つな》がる。

肯定はしないが、敢えて否定をしないのも大切だ。

「しかし何故、陛下はそのように年上の女性が好きなのでしょうか？　あまり……その、そういった趣味の男性は存じ上げないのですが」

言外に、『どういう意味なんだよオバサン』とでも含まれているのだろう。

鋭く射貫くような視線は、嫉妬《しっと》の炎が全力で燃え盛っている。口調こそは丁寧だが、視線で人が殺せるのならばヘレナは数回死んでいるだろう。

だが。

そんな戦場も知らない小娘の視線に、怯《ひる》むようなヘレナではない。

「私は、二十八の嫁き遅れです。しかし、二十八に至るまでただ無聊《ぶりょう》に過ごしてきたわけではありませんよ」

「……どういう意味でしょうか？」

「女として、培ってきた手練手管があります。陛下はそういった点をお気に召されたのかもしれませんね」

全力で心の中でだけ、ファルマスに頭を下げる。

ヘレナは二十八に至るまでずっと戦場で生きてきた。男女の夜の営みについてはそれなりに聞いているが、経験したことはない。そのせいでやたら耳年増になっている部分もある。

だけれど、今この空間だけは、ヴィクトルがよく繰り出していた娼館の女になったつもりで、経験を上書きしよう。意外に高いヘレナの演技力は、その残念な本質を正面に出さない程度には振舞うことができる。

多分。きっと。

そう見えているといいな。

そんなヘレナの言葉に、マリエルが分かりやすく眉根《まゆね》を寄せた。

「……汚らわしい」

「今、何と仰いましたか？」

ちゃんと聞こえている。だが、あえて聞こえなかった振りをして、そうヘレナは返した。

向こうが明確に敵意を示してくれるならば、こちらとしては好都合。

あのような副音声を読んでの会話は、ヘレナにとって疲れるのみだ。

「『陽天姫』様は、その年齢に至るまで閨《ねや》での手管を身につけたとのこと。貞淑を求められる陛下の側室として、そのような者がいても良いはずがないでしょう。侯爵令嬢としての常識すらないのですか？」

「これは心外ですね、『星天姫』様。一体何を仰られているので？」

「汚らわしい、とそう言っているのですわ。貴族の娘たる者、そのような一夜の火遊びに身を任せるなどありえません。側室の純潔を捧《ささ》げるべき相手は陛下のみ。どこの馬の骨とも知れぬ男に捧げた純潔など、汚らわしいにも程がありますわ」

マリエルは、完全に激情に任せているのだろう。ヘレナをそう糾弾してくる。

何とも愚かなことだ。

この茶会は、女の戦争。そして戦争であるならば、ヘレナの得意分野。

激昂《げきこう》した相手ほど、与しやすい者はない。

「ほう、では『星天姫』様は、この私のことを汚らわしい女であると、そう言っているのですね」

「ええ、その通りです。貴族の令嬢として、風上にも置けませんわ」

「それにしては、随分とお仲間の応援がないようですが」

最初、マリエルの言葉に追随していたはずの、周囲の側室たち。

それが、『側室の純潔を捧げるべき相手は陛下のみ』などと言い出し始めてから、随分と追随する声が少なくなった。中には、あからさまに顔を俯《うつむ》けている者さえいる。

当たり前だ。

貴族は、夜会に参加するのが義務だ。そして夜会は、まさに美しい男女が出会う場所。

そこで、火遊びの一つもないなど、ありえまい。

平均年齢十六歳とはいえ、全員どこかでそのような火遊びに夢中になったことだろう。

「もしや、あなたたち……！」

「ご、誤解です『星天姫』様！　『陽天姫』様の言葉に、あまりに驚いてしまって……！」

筆頭取り巻き（とでも呼ぶのだろうか）であるレティシアがそう言い訳をしているが、そこに追随する声はやはりない。

貴族の純潔など、しっかり守っている者などいないのだろう。

二十八まで守っているヘレナが異常なのである。ただ縁がなかったのと本人に何の興味もなかったせいなのだけれど。

「さて、話を戻しましょうか」

場は、ヘレナの空気に染まった。

既にここは、ヘレナの存在を誇示する場でしかない。

本人は全体的に物凄《ものすご》くいっぱいいっぱいなのだが、それを表面には出さない。

「『星天姫』様は、先程から私が側室として相応《ふさわ》しくない、と仰られているようですけれども」

「……そうです。話を聞く限り、そのような女は陛下に相応しくありません」

「未だにそう仰るのですね。愚かなことです」

くくっ、とヘレナは口角を上げて微笑む。

笑顔というのは不思議なものだ。安心を与えるはずの表情であるというのに、相手に呑《の》まれているような現状では、恐怖を与えられる表情へと変貌《へんぼう》する。

「『星天姫』様、重ねて問います」

「何でしょうか」

「宮中侯アントン・レイルノートの息女にして、正妃に次ぐ立場である三天姫が一人である『陽天姫』を頂き、その上で数ある美姫の中で唯一陛下のご寵愛《ちょうあい》を受けているこの私を、陛下の側室に相応しくないと、そう仰られますか?」

ヘレナの優位性は、何一つ変わらない。

本人がどれほど必死で、心の汗をだらだら流し続けているほどのいっぱいいっぱいでも、何一つ変わらない。

「くっ――！」

「お話は以上ですか？　私はできれば、『星天姫』様とは仲良くしたかったのですが。父の政敵というわけでもありませんし、同じ立場として――」

「このっ、年増がっ！」

きっとそれは、マリエルが直情的にやってしまったことなのだろう。

マリエルのその手元にある、自分の飲んでいた茶のカップ。

その中身に、まだ半分ほど残った、やや温くなった茶を。

ヘレナへと、ぶちまけた。

「おやおや……」

正直に言えば、マリエルがヘレナに茶を掛けるのではないか、と予測できた。

更に、あの一瞬のマリエルの行動にも、ヘレナは対応できていた。ヘレナさえその気ならば、茶を一滴も被ることなく避けることくらいはできただろう。

だが、敢えてヘレナはそれをしなかった。

濡《ぬ》れそぼつ体に、滴る雫《しずく》。茶会で茶を撒かれるというのは、令嬢としてはこれ以上ない屈辱だろう。そんな屈辱を、マリエルはヘレナに与えたのだ。

どちらの立場が、圧倒的に強いかなど言うまでもない。

「マリエル様、ご自分が何をしたかお分かりで？」

「うっ……！」

本来、そのような辱めを受けた令嬢は、縮こまるものだろう。だが、この程度のことで萎縮《いしゅく》するほど、ヘレナは心弱くない。

余裕の笑みを崩すことなく、マリエルを見据える。

心の中は全力でいっぱいいっぱいだけれど、表情には出さない。

「私は、陛下のご寵愛をいただいております。マリエル様のお言葉によれば、五十人以上の美姫を連ねる後宮において、私ただ一人です」

「……」

「そんな寵姫である私に、このような無礼な真似……リヴィエール男爵家は成り上がりと仰っていましたが、どうやら家名すら残したくない様子。ご自分の行動が、家の名を貶めることにも繋がる、と理解できないのですかね？」

もう、無理だよぉ。

そう心の中で叫びながらも、しかし厭味を言い続けるヘレナ。

アレクシアに言われたのだ。力を示せ、と。単純な膂力《りょりょく》であるならば、簡単に示すことができる。

だが、アレクシアが言っていた力とは、また別のものだ。

ヘレナが示すことのできる力は、己が侯爵令嬢であるという立場。唯一の寵姫であるという特別待遇。そして『陽天姫』という地位。

マリエルを屈服させるには、それを用いるしかない。

「理解できないでしょうね。毎晩のように陛下を待つのに、あなたは全裸で待機しているそうですし。そのような貴族としての常識もないような方では、この程度の問題も理解できないのでしょう」

「──っ！」

「ま、マリエル様⁉　どういうことですか⁉」

ヘレナに貴族の常識なんてあるわけがない。

だが今は、今だけは、貴族の淑女として振る舞わねばならない。

「おや、あなたが言ったことでしょう？『星天姫』様」

「……あなた、は、最初から、全てを分かって！」

「何を仰られているのか分かりませんが……昨日、私が『星天姫』様の下を訪れた際に、言ったではありませんか。陛下をお迎えするにあたって、なるべく淫《みだ》らな格好で待つ方が良い、と。あなた、毎晩全裸で陛下をお待ちしているのでは？」

くくっ、となるべく悪そうに見えるよう口角を上げる。

だが残念ながらと言うべきか、ヘレナが悪そうに見えるよういくら頑張っても意味がない。実際、ただ笑うだけでもヘレナは悪どいことを考えているように見えるのだ。

ヴィクトルからは何度、「詐欺だ」と言われたことか分からない。

深慮遠謀があるかのように笑いながら、その実何も考えていないのだから。

「先程は随分な仰いようでしたが……初めて会う男を迎えるのに裸体で待つなんて、何を考えておられるのですか？」

「だ、黙れっ！」

「ほう、私に命令しますか。まだご自分の立場がお分かりになっていないようですね」

ふん、とヘレナは濡れそぼつ頭を、軽く振る。

それだけで水滴は周囲に零れ、幾分楽になった。

「レイルノートめ……！」

「ついに『陽天姫』とも呼ばれないとは、随分嫌われたようですね」

「あたくしは、お前に釘《くぎ》を刺すつもりでしたわ！　陛下のお渡りなど、陛下の気まぐれに過ぎない。年増が、この後宮で大きな顔をするな、と！」

「それを隠していたのですか？　最初から分かっていましたけど」

恐らく視線と視線がぶつかって火花が上がるとするならば、この部屋全体がもう爆発しているのではなかろうか。

それほどの憎悪を持って、マリエルがヘレナを睨《にら》みつける。

「あたくしは、陛下のご寵愛をいただかなければならないのです！　そのために、侯爵令嬢というだけの年増は邪魔なのですわ！」

「陛下のご寵愛をいただいたからといって、成り上がりの男爵家の何が変わるというのでしょうね？」

「――っ！　どこまでも、人を見下すっ……！」

マリエル以外の、全員が狼狽《うろた》えている。恐らく、このような『星天姫』の姿を見るのは、初めてなのだろう。

こんなに簡単に激昂してくれるなど、扱いやすすぎる。

だが。

そこで、マリエルは、大きく息を吐いた。

さすがに、自分が激昂しすぎた、ということを理解したのだろう。これ以上暴言を吐き続けるほどに、愚かではないらしい。

だが、最早マリエルに退くつもりはないだろう。

ヘレナとしても、ここで屈服させておかねばならない。

もう嫌だ、と心は全力で悲鳴を上げているけれど。

「ふん……随分と余裕を見せてくれますこと。あなた、この後宮においての派閥がどのようなものかご存じですか？」

「は？」

「後宮において、大きく三つの派閥に分かれています。『月天姫』派、『星天姫』派、そして、中立派。そして、ここに集まっている側室の皆様は、『星天姫』派……そして、つまりあたくしを中心にした者たちですわ」

「そうですか」

全く意味が分からない。

というか、派閥とかそういった関係に、ヘレナは決して触れずに生きてきたのだ。社交界のどうこうとかも、派閥とかが面倒そうだ、と関わろうとしなかったのが現実である。

そして、派閥があるから何だというのか。

「『陽天姫』様には、お味方がいらっしゃいますの？」

「背後に控える女官は、私を支えてくれていますよ」

「ふん……その程度、数に入れるまでもないですよ。軍に在籍されていたと仰られる『陽天姫』様ならば、数の力がどれだけ恐ろしいか、ご存じでしょう」

確かに、寡兵で大軍に勝利することはできない。

だが、それはあくまで戦争だからだ。相手を殲滅《せんめつ》する、という目的で行われる戦いだからだ。

後宮においての戦いは、いかにして皇帝の寵愛を得るか。

そこに、数の暴力など何の関係もない。

「後宮にも、事故はありますわ。無事に陛下のご寵愛を受けられるとは思いませぬよう」

「ほう、事故ですか。それは恐ろしい」

「ふん……白々しいことを！」

事故とは何なのだろう。

何か柱が倒れてくるとか。いや、そんな安物の設計はしていないだろう。ならば何があるのだろう。

「……ああ」

そこで、ようやくマリエルが何を言いたいのか分かった。

脅しているのだ、ヘレナを。

あまりにも文句が可愛らしすぎて、脅しているのだと全く思わなかった。つまり、事故に見せかけてお前を殺すことなど簡単だ、と言っているのだ。数の暴力で。

なんだ。

話は簡単じゃないか。

「そうですか、『星天姫』様。派閥とはいえ、ただの六人で私の相手をできると？」

「あたくしの派閥は、合計で十五人いますわ。どうなっても、知りませんわよ」

「……十五人ですか」

ヘレナは立ち上がり。

そして、その一瞬で。

マリエルとレティシアの後ろに回り、その首に手をかけた。

「私と戦争をしたいなら、一個大隊くらいは必要だと思いますよ」

マリエルは、脅す相手を間違えた。

そこにいるのは、後宮という空間に存在する兎のような姫でなく。


戦場を駆ける、虎がごとき武姫であるのだから――。


ヘレナはその指で、二つの柔らかな首筋を撫《な》でる。

「さて」

二人が反応しきる前に、神速で背後まで移動し、首を取った。恐らく、少しヘレナが力を入れるだけで、この細い首など難なく手折ることができるだろう。

マリエルも、レティシアも、それが分かっている。

だからこそ――振り返れない。

「このまま殺すのも簡単ですが、死人を増やすというのは、陛下のご意向ではないでしょう」

「あ……」

「う……」

す、と首筋から手を離す。

それだけで、二人が揃《そろ》って安堵《あんど》のような溜息《ためいき》を漏らした。

既に、会話ができないくらいに恐怖しているらしい。

「噛《か》み付くのは良いですが、相手を弁えるように。『星天姫』様」

これで、もう茶会はお開きだろう。

ろくなものではなかった。もう、二度と参加などしたくはない。

これなら、一人で部屋で鍛錬をしている方が、どれほど楽なことか。

ヘレナは恐怖に震えているマリエルを見向きもせず、ふん、と鼻を鳴らして『芍薬《しゃくやく》の間』から退出した。

◇◇◇

「つ、疲れた……」

『星天姫』マリエルの主催した茶会を終え、ヘレナは自分の部屋へと戻って寝台に思い切り寝転がり、大きく嘆息した。

虚勢を張り続け、ない頭を必死に回転させ、マリエルよりも優位に立つためにとにかく頑張った。既にヘレナの体力はゼロに近い。

これなら、一日中戦場を走っている方が、余程ましだ。

「お疲れ様です、ヘレナ様」

「あー……なんかもう途中から、何を言ったのか記憶がない……」

「概ねよろしい結果かと。何点か反省すべき点はありますけれどね」

今回、茶会に参加するにあたって、アレクシアから幾つかの行動理念を挙げられており、ヘレナはそれに従うという方向だった。

第一、ヘレナの現状における力を示す。

第二、ヘレナの正妃の座が目前である、と確認させる。

第三、マリエルの弱みを見つけ、こちらの攻撃材料とする。

だからこそ、そのための作戦として、『陛下は年上好きであり小娘に興味がない』という嘘を中心として、マリエルの言葉から攻撃材料を探り出す、という形に落ち着いた。結果的には、悪くないのではなかろうか。

元より、最初の邂逅《かいこう》の時点で嘘を吐かれたのはこちらだ。何も遠慮する必要などなく、それすらも攻撃材料にさせてもらった。

「褒めるべき点と、反省すべき点がございますが」

「……まずは、褒めて」

「最後に、お二人の首を一瞬で取りに行く早業は素晴らしかったです。あれで、ヘレナ様へ闇討ちを仕掛けようとは思わなくなったでしょう。誤算でしたが、あれは良い効果をもたらしました」

「ああ、そうか。なら良かった」

「次に反省すべき点ですが」

「褒める点もう終わっちゃったの⁉」

まさかの一箇所しかない。

別にアレクシアに褒めてもらおうと思って行ったわけではないが、あれだけ無理をしたのだから、もう少し褒めてくれてもいいだろう。

「陛下が年上好きだということを宣言したのは、問題ありません。ですが、その後が少々問題でしたね。あれではわたしから見ても貞淑さが欠片《かけら》もありません」

「え……年上好きってことは、つまり経験豊富な女が良いのではないのか？」

「違います。というか、本来貴族は貞淑であれ、というのが基本です。ヘレナ様はあの場で、他の男の手垢《てあか》がついた私ですが後宮では愛されてますよ、などと宣言したようなものですよ」

「ええー……」

下手に、ヴィクトルの通う娼館の女たちを真似したのがいけなかったのだろうか。

だが正直、あのように色気のある女性には憧《あこが》れる。ヘレナには全く真似のできることではないとしても。

やはりそれも、経験なのだろう。ヘレナはこと女の戦いにおいては、初陣すら終えていない新兵に過ぎない。

「それ……不味《まず》いのか？」

「不味いですね。非常に不味いです。アントン・レイルノート宮中侯に対する攻撃材料にもなりえます。まだ『星天姫』様の茶会で良かったですが、ノルドルンド侯爵の手駒である『月天姫』様の茶会だったなら、これを材料として宰相閣下を落とすこともできたかもしれません」

「……ごめんなさい」

よく分からないけれど、頭を下げる他ない。というか、もう本気でヘレナとアレクシアが交代すればいいのではなかろうか。

何故こんなにも、アレクシアは詳しいのだろう。

本当に頼れる女官だ。厳しいけど。

「そして手練手管をもって皇帝陛下を篭絡《ろうらく》した、というのもヘレナ様ご自身の評判に関わります。元より正妃とは貞淑であるべき者。もしもこの噂が後宮から表の宮廷へ漏れたとき、ヘレナ様の正妃扱いが認められないやもしれません。加えて、侯爵令嬢がそのように火遊びを繰り返し行っているという評価が下れば、将来的にヘレナ様に和子《わこ》ができたとき、その胤《たね》が本当に陛下であるのか、という疑心にも繋《つな》がります」

「……ないと思うけどな」

「現在のところ、陛下がお渡りになられているのはヘレナ様だけです。男女の関係にある以上、そうなるのは必然です」

……。

言いたい。ファルマスの思惑を。ファルマスが昨夜、ここで何をしていたのかを。

ヘレナに与えられた寵愛《ちようあい》らしい寵愛など、帰り際の口付けくらいのものだ。

……思い出すと、少し恥ずかしい。

何故、ファルマスはあのような戯れを行ったのだろうか。

「次に、『星天姫』様に対して、家の格を考えろ、と仰ったことですが」

「マリエル嬢は男爵令嬢だろう。私は侯爵令嬢だ。身分の差はあるだろう」

「確かにその通りです。ですが、お伝えしていませんでしたが……ヘレナ様は、おかしいと思わなかったのですか？」

ヘレナは首を傾げる。

何がおかしいというのか。一番おかしいのは、多分ヘレナの存在だと思うのだが。

「『陽天姫』は、宰相レイルノートの息女。『月天姫』は、相国ノルドルンドの縁戚《えんせき》。ならば、残る『星天姫』にも要人が入っていると思うのは、当然ではありませんか？」

「……」

確かに、言われてみればその通りである。

ただの成り上がりの男爵令嬢、などと言っていたが、その実は相当な存在であるのではないだろうか。

「リヴィエール家は、かのアン・マロウ商会の会長です」

「アン・マロウ商会……？」

「はい。帝国に払っている税金が、他の全ての商会を足しても届かないと言われる大商会アン・マロウ。ガングレイヴ帝国随一の商会です。アンジェラ・リヴィエール及びマロウルート・リヴィエールの姉弟《きょうだい》がその始祖とされています。その頭文字をとって、アン・マロウなのだとか。そして、現在の正式なアン・マロウの会長とされるマロウルートの子、ケインゼム・リヴィエールが宮廷への献金に対する褒章として、叙爵されたのです。マリエル嬢はそんなケインゼム・リヴィエール男爵の息女ですね」

「……え」

話が長すぎて、全く理解できない。

そんなに名前ばかりを言われても、理解が追いつくはずがないのだ。

「ええと……つまり？」

「元々、リヴィエール家は圧倒的な財産を持つ、男爵家としては破格の待遇をされる存在だということです。たとえ侯爵家の力を用いたとしても、お家取り潰《つぶ》しは難しいでしょう。マリエル嬢も、きっとそれを分かっています」

「えぇぇ……」

思い切り啖呵《たんか》を切ったというのに。

どうやら家名すら残したくないご様子、などとドヤ顔していた自分を殴りたい。

「ですが、まぁ問題はないでしょう。何もなければリヴィエール家とレイルノート家に、関わりは何もありません。宰相閣下は堅物ですので、賄賂《わいろ》なども効果がないでしょうしね。それに、いざ敵対することがあれば、マリエル嬢がヘレナ様に行った無礼や脅迫、暴言などを考えれば、アントン様なら有利に立ち回ることができるでしょう」

「……」

もういい。

全ては、アントンとアレクシアに任せよう。

ヘレナは、もう何も考えずにいよう。

「反省すべき点は、以上ですね」

「……はい」

「ああ、それからもう一点。こちらも言っていなかったのですが」

もう本気でやめてほしい。

ただ今は、休みたい。

だから、もう、必要ない——。

「今宵、陛下がこちらへお渡りになります」

「また⁉」

微睡みを迎えようとしていたヘレナは、そう絶叫した。

閑話　皇帝陛下の思惑

ファルマス・ディール＝ルクレツィア・ガングレイヴは、正統なガングレイヴ帝国における皇帝である。

元々前帝ディールの長子として、帝位を継ぐことを前提とした教育を行われてきた。帝王学に始まり、皇族としての礼節や帝国における法律など、幼い頃から詰め込んできた。そして成人を迎えた折には宮廷における要職につき、皇帝である父を支えながら皇帝としての在り方を学ぶ、と教えられてきたのだ。

だが。

父であり皇帝であったディールは、僅《わず》か在位五年にして早すぎる崩御を迎えてしまった。

皇帝が崩御すれば、すぐに正統な系譜における皇子がそれを継ぐ。だからこそファルマスは、僅か十七歳にして戴冠式《たいかんしき》を執り行われ、皇帝として即位した。

未だ勉強の途中であり、皇帝として未熟な身でありながらの即位だったのだ。

元より、宮廷は魔窟《まくつ》。

様々な貴族の深慮遠謀。横行する賄賂。金で地位を買った者による専横――その問題は、枚挙に暇がないほどだ。そんな魔窟において、若くして即位したファルマスは傀儡《かいらい》として扱われた。

即位して一月は、ただ重臣の意見に従うばかりの人形に過ぎず、その悪辣《あくらつ》さに嫌気が差したものだ。

だが――ファルマスは、耐えた。

重臣たちが自身を前帝よりも与しやすいとし、その専横を見て見ぬ振りせねばならない境遇――まさに、薄氷の上に立つ皇帝とさえ言って良いような状況に、耐えた。

その最大の理由は、前帝の忠実な右腕アントン・レイルノート宰相だ。

清廉かつ公正であり、宮中侯という立場にあるアントンは、まさに宰相として相応《ふさわ》しい人物である。重臣の専横にただ頷《うなず》くだけのファルマスを諌《いさ》め、時に厳しい意見を申し出る彼は、まさしく忠臣であると言って良いだろう。

だからこそ、ファルマスは謀った。

現状、ファルマスの味方である、と言える忠臣は他にいない。アントンほどに清廉な心を持つ貴族などおらず、ただ己の懐を満たそうとしている下種ばかりだったのだ。むしろ、アントンのような忠臣こそが珍しいのだろう。

皇帝である己を見下すならば、それでいい。

皇帝である己を謀って懐を潤すならば、それでいい。

ファルマスは、愚帝を演じることにした。

「ふん、いつも通り、ノルドルンドの馬鹿が言ってきたか」

「はい。よくもあれほど、手を替え品を替え出てくるものですな」

皇帝、そして主たる重臣は立会《りっかい》と呼ばれる、週に一度行われる会議に出席せねばならない。

これは国家としての収支、外交上の問題、また新たな政策や公共の工事など、重臣たちの担当することを報告する場だ。その内容は多岐に渡り、大体が朝から昼過ぎほどまで行われている。

だが、ファルマスはそこに出席をしない。

表向きは、政治に興味のない愚帝を演じているのだ。

「それで、此度は?」

「アグロー川の整備ですな。下流が氾濫《はんらん》を起こした場合、王都の民が犠牲になります。そのためにも河川整備を行い、民への安寧を、とのことです」

「あの川に整備などいるものか」

はぁ、とファルマスは大きく嘆息する。

大陸史を千年振り返ってみても、帝都の端を流れる川が氾濫を起こした記録はない。そもそも帝国全域が、雨に悩まされることのない地だ。むしろ、乾期になると水不足の心配すら出てくるほど、その雨量は少ない。

そんな中、川の整備を行う、というのはどう考えても無駄な行動に過ぎないのだ。

「それで、どうすると」

「ノルドルンド相国閣下の知己に、治水工事の専門家がいるとのこと。やはり専門の人間に任せ、人足を雇い、公共工事を行いましょう、とのことですが」

「ノルドルンドに幾ら包んでいるのだろうな、その専門家とやらは。ついでに、工事の金も水増し報告するつもりだろう」

恐らく倍ほどにはなるのだろう。そう諦観《ていかん》しながら、ファルマスは頭を掻《か》く。

己の懐に入る金貨の量を楽しむだけの輩に、どうしてこれほどまで頭を悩ませねばならないのか。

「ひとまず、川の整備については検討しておく、とだけ答えろ。先月に申し出た街道整備の件についても終わっておらぬ」

「承知いたしました」

「他に何かあるか」

「他には特に。ただ……随分とご機嫌がよろしいようで、陛下」

ファルマスに報告していた老人が、にやりと口角を上げる。

現在、宮廷においてファルマスがアントン以外に唯一信頼することのできる男――それが、この老人グレーディア・ロムルスだ。

齢六十を超えながらにして筋骨隆々の体躯《たいく》に、顎《あご》全体を覆うほどの白い髭《ひげ》。そして簡素な服に身を包みながらにして、発する威圧感はただの老人のそれではない。

ファルマスが幼い頃より信頼する、ただ一人の人間だ。

その理由はただ一つ。グレーディアは、帝国でも皇帝でもなくファルマスという一人の男に仕えてくれている――。

「ほう、分かるか」

「勿論《もちろん》。いつもより随分楽しそうです」

恐らく、そのようにファルマスの機嫌が分かる人間など、グレーディアだけだろう。ファルマスはあまり感情を表に出すことがなく、無表情であると思われている。恐らく、親しくない者にその表情の機微は分からないだろう。

そして、その機嫌の良さにおける最大の理由は、このグレーディアによるものだ。

「随分と、可愛らしい虎を見た」

「ほほう。陛下のお気に召しましたか」

「ああ。ついつい、要らぬことまで喋《しゃべ》ってしまった。あれほどまで、素晴らしい人間だとは思わなかったからな」

ファルマスは、己の後宮にいる可愛らしい虎を思い出す。

ヘレナ・レイルノート。

宰相アントン・レイルノート宮中侯の息女であり、八大将軍『赤虎将《せきこ》』ヴィクトル・クリークの副官。ファルマスの知るヘレナという人物は、そのくらいの情報しかなかった。

そんなヘレナを後宮の、それも正妃扱いとなる『陽天姫《ようてんき》』へと推薦したのは、誰でもないこのグレーディアなのだ。

ファルマスは思い出し、くくっ、と笑う。

「あの女、俺と初めて会って、何と言ったと思う?」

「何と申したのでしょう」

「お疲れ様です陛下、だ。ついぞ言われぬ言葉よ。まさか、後宮に行って労われることとなろうとは思わなんだ」

「ほう……」

ファルマスの言葉に、グレーディアは口角を上げる。

大抵の側室は、己のことしか考えていない。お待ち申し上げておりました、陛下。ようこそおいでくださいました、陛下。そういった挨拶《あいさつ》になるだろう。

それをお疲れ様です、とまずファルマスを労う言葉——恐らく、軍にいた経験から、自然に出た言葉なのだろう。

政敵が多くろくに休めもしないファルマスにしてみれば、これほど嬉《うれ》しい言葉もあるまい。

「元々は、ただ隣国のどこかが攻めてきた際、指揮を頼むだけのつもりだったのだがな」

「……私が行います、と申し上げましたのに」

「お前がいなくなれば、俺の命を誰が守ってくれる。どいつもこいつも、俺の命を狙いに来るだろうさ」

グレーディアは、ファルマスの護衛も兼ねている。

幼い頃からの戦闘教官でもあり、ファルマスを主に武の方面で支えてくれるのだ。いざとなれば禁軍を率いさせる、という手もあるが、それではファルマスの護衛はいなくなる。

そうなれば、この若き皇帝はどこから命を狙われてもおかしくない。

「だが、お前の推挙は正解だった。軍略に関しては明るく、恐らく徒手においても戦えるほどの戦闘能力。素晴らしい人材だ。しかも妙齢の美人ときているのだから、俺が真に愚帝であれば入れ込んだだろうよ」

「ほう、それほど気に入られましたか」

「ああ。恐らく男経験はなかろうな。でなくば、あれほど初心な反応はするまい。ヴィクトル将軍についても色々聞いたが、何故あれほどの美姫を抱かなかったのか疑問に思うほどだ」

「とはいえ、軍の中ではヘレナとヴィクトルは間違いなく相思相愛と言われていましたがな。逆に言うなら、ヴィクトルの意中の相手だから手を出してはいけない、と認識されていたようなものです」

「ヴィクトル将軍には感謝すべきだろうな。おかげで、俺の策が捗《はかど》る」

ファルマスはそこで、グレーディアを見やる。

その瞳《ひとみ》に、不満を浮かべて。

「しかし、貴様の推挙とは異なるな。グレーディア」

「……どういうことでしょうか？」

「貴様の評価では、軍略にこそ明るいが、それ以外についてはあまり考えない性格だと言っていたではないか。だがヘレナは俺の言葉の裏を読み、己の重責を理解していた。そのような聡《さと》い娘だと最初から言っておいてくれれば、俺も試すような真似はしなかったというのに」

「……聡い、ですか？」

「ああ、素晴らしい。己を正妃扱いとする重責を理解しながら、しかしそれを受け入れる広い度量を持つ娘だ。十も年上など問題はあるまい。この一連の騒動が終われば、正式に正妃として迎えても良い」

「陛下……恐れながら」

そんなファルマスの評価を聞きながら、しかし以前よりヘレナを知るグレーディアは、首を傾げる。

前『赤虎将』グレーディア・ロムルス。

彼の率いる赤虎騎士団において、副官を務めていたのが現『赤虎将』のヴィクトルとヘレナだった。

何度思ったことだろう。

この女は、なんとも残念な頭をしている、と。

「……ヘレナは、馬鹿ですが」

「謙遜《けんそん》はよい。見目麗しく、軍略に明るく、強く聡い女など他におるまい。そうだな……後宮の女の色に狂った、となれば、より愚帝と思われよう。先のノルドルンドの一件を棄却し、代わりにヘレナへの贈り物でも買うか。金額は水増ししてな」

くくっ、と悪巧みをしているファルマスは、真実を知らない。

だが、それでもファルマスが幸せならそれでいいだろう、とグレーディアは口を閉ざした。

第五話　脳筋令嬢の脳筋な後宮暮らし

「ふぅ……いつもながら、面倒な輩だ」

「……お疲れ様です、陛下」

その夜、当然のようにファルマスはヘレナの部屋を訪れ、そしてアレクシアに退室を促してから護衛の騎士を追い払った。

二夜も連続で訪れてくるなど、どんな拷問なのだろう。そう思いながらヘレナは、ファルマスの来訪に備えて無理やり湯浴みをさせられ、無理やり着替えさせられた姿のままで、聞こえないように嘆息した。

迷惑である、というわけではない。

昨晩に聞いたファルマスの思惑からして、ヘレナを寵愛《ちょうあい》している、というポーズは必要なのだろう。そのために後宮に来る、というのは間違っていない。

だが、さすがにヘレナも、一人で眠りたい。

「お茶を飲まれますか？　それともお酒にしましょうか？」

「いや、喉《のど》は渇いておらん。楽にしてくれて良いぞ」

「承知しました」

酒と言われたら、ファルマスの分だけ用意するつもりだった。

もう、二度とファルマスの前で酒は飲まない。ヘレナはそう誓ったのだ。

「さて、では始めるか」

「……はい？」

「ああ、テーブルを借りるぞ」

ファルマスはその手に持ってきていた、それなりに大きな包みを解く。

その中に入っていたのは——書類。

恐らく、今朝方持ってきていた、重要な書類だろう。

「……あの、陛下」

「楽にしておって構わぬ。護衛の者にも見せられぬものばかりだからな……全く、四六時中厄介なものだ。グレーディアがおらぬときは、いつもあ奴らが余の行動を阻む」

む、と随分聞いたことのある名前に眉《まゆ》を上げる。

だが、それ以上ファルマスはヘレナに説明しようとせず、当然のようにソファの前のテーブルに書類を広げていた。どうやら説明はしてくれないらしい。同名の人間、という可能性もあるが、もしもヘレナの元上官であるグレーディア・ロムルスであるならば、少しくらい話を聞きたかったのだけれど。

そんな書類を一枚ずつ確認しながら、筆で気になるところに印をしてゆくファルマス。

ただヘレナは、そんなファルマスの仕事を眺めながら、前のソファに座っているのみ。ファルマスのやっていることが分からずに首を傾げながら。

これは何の拷問なのだろう。

「ああ、適当に眠ってくれ。余は仕事を済ませる」

「……何か、お手伝いできることは」

「ない。算術が不得手とあらば、見たところで分からぬだろう。あまり喋りかけるな。集中が乱れる」

だったらヘレナは何をすればいいのだろう。

てっきり昨日のように、ファルマスを歓待する必要があると思っていたのに。

確かに、表に出せないような書類であるならば、このように余人の目がない後宮でしか見ることはできないのだろう。だからといって、目の前にいるヘレナを放置しておく、というのもひどいものだ。

むか、と少しだけ眉根《まゆね》を寄せる。

これでも、結構気にしていたのに。朝の悪戯《いたずら》なキスとか。今朝のいきなりのキスとか。

「では陛下、御前を失礼します」

「うむ」

別にいてもいなくてもいいなら、ヘレナはヘレナで好きなことをしていればいいのだ。

そうと決まれば、話は早い。

まずソファから立ち上がり、少し離れる。さすがに目の前ですると、集中が乱れるだろう。この場合、ファルマスの背後がいいか。

ヘレナはファルマスの視界から外れ、後方へと向かい、そして床へと両掌をつく。

当然、今から行うのは。

腕立て伏せである。

ふん、ふん、と心の中だけで言いながら、己の体をひたすらに動かす。今日は午前にアレクシアを背中に乗せて行っていただけで、午後からは茶会と湯浴みと着替えで全て失われた。

少し鍛錬が不足している、と自分で感じていたため、ここで補えるならばそれが良いだろう。

背中に何の負荷もないのが問題だが、それでも鍛錬の一環にはなる。

しん、と静まった後宮の一室。

響くのは、ファルマスが書類へ筆を走らせる音。そしてヘレナの衣擦れの音。

傍から見れば、書類をひたすら眺めて時折筆を走らせる男の後ろで腕立て伏せをする女、という理解に苦しむ状況だろう。

「ああ、そうだ。ヘレナよ」

「はい」

「そなたに何か贈り物でも贈ろう。何か欲しいものはあるか?」

ヘレナへと振り向くことなく、ファルマスはそう問いかける。

腕立て伏せを続けながらも、この程度の負荷ならば問題なく会話を続けることができる。だからこそ、ヘレナは焦ることなく考える。

欲しいもの。

特にはない。強いて言えば戦場に帰りたいが、それは現在の情勢が許さないのだろう。

かといって、令嬢らしくアクセサリーで身を包む、などということはしたくない。

そうだ。

「では、わがままを申してもよろしいですか?」

「言うてみよ」

「剣が欲しいです」

腕立て伏せも腹筋も、屈伸も背筋もしている。

だが、鍛練において全ての基本となるのは剣だ。負荷の高い重い剣を振れば、それだけで全身の運動になる。

そうなるとさすがに室内ではできないため、庭を使ってのものとなるのだろうけれど。

「ふむ……」

後宮に武器を持ち込むことはできない。

だからこそヘレナの愛剣は、レイルノート侯爵家に置いてきている。長年の鍛練を共にした愛剣が手元にないならば、代わりを用意するしかないのだ。

「後宮へ武器を持ち込んではならない、という規則があることを知っているか?」

「どこまでが武器、という明確な基準がないことは存じております。令嬢の護衛の方々は、木剣を持っているとか。では、刃さえ潰《つぶ》せば剣の持ち込みも可能、ということではないでしょうか」

「……ふむ」

「刃物は不可、と言われるのでしたら、包丁を持ち込むこともできないわけですし」

大体、規則など大抵の令嬢は破っている。

そうでなければ、十人もの侍女を部屋に置いているものか。

それを理解していないファルマスではあるまい。

「なるほどな。分かった、用意させよう。どの程度の大きさのものが良い？」

「できれば、私の身長ほどあるものでお願いします」

「……重くはないか？」

ヘレナは首を傾げる。腕立て伏せをしながら。

別段、重いことに何の問題もない。剣が重ければ重いほど、自分の膂力《りょりょく》は高まるのだ。そして重い剣を使うことで加重がかかり、鎧《よろい》姿の敵ですら一閃《いっせん》することができるだろう。

「別段、問題ありません。私は、常に重い剣を用いて戦っていましたので」

「……そうか。では用意させよう。刃は潰すぞ」

「はい」

ここまで、片方腕立て伏せをしながらであり、二人の目は全く合っていない。

もしもファルマスがヘレナの方を向いていれば、何をしているのかと唖然《あぜん》としたことだろう。

だがファルマスの信頼ゆえか、己の背後にいるヘレナに目を向けようとはしない。

「――っ！」

そこで、ヘレナは立ち上がった。

腕立て伏せはやめる。いい感じに体が火照ってきた頃だというのに、これほどまでに無粋だとは。

キッチンへ向かい、その右手に、小さな包丁を取る。

「陛下」

「む？」

「今より起こること、お目溢《めこぼ》しください」

そして、荷物として持ってきていた、長い棒を持つ。

その先端に、小さな包丁をこれ以上ないほど締めて、括りつける。

これで、即席ながら槍《やり》の完成だ。

そこまでの流れを、ファルマスは見て、そして青ざめる。

まさか——という、そんな思いが、視線で分かる。

だが、それでもヘレナは止まらず。

「ふんっ！」

己の真上へと——その槍を、突き刺した。

後宮の天井は、薄い。即席の槍でも、簡単に貫けるほどに。

そして、その槍へと。

真紅の鮮血が、滴った。

「なっ⁉」

「天井裏に侵入者です。恐らく、陛下の動向を探りに来たのでしょう。殺気はありませんでしたが、そちらの書類は見せられない代物……やむなく、処分しました」

ヘレナはその気配をきっちり感じ取り、敵の視線から体の位置を確認。

そして、その心臓部分に刺さるように、己の体を動かして。

一撃で、仕留めた。

ある程度火照った体は、額に汗を浮かべている。

腕立て伏せをしていたなどと知らないファルマスには、皇帝である自分を害するかのような動きをしたことに対する、緊張の汗に思えるだろう。先程の行動は、まさに後宮という護衛のない場所で皇帝を害そうとしたように見えるのだから。死罪を免れまい。

だがそれでも一撃で仕留めるために、あえて黙って行動をした。あれでファルマスに言っていれば、侵入者に逃げられることにもなったはずだ。

「……余のための行動、感謝しよう」

「とんでもないことです。屍《しかばね》は明日《あした》の昼間にでも、適切な手順を経て処分しましょう。このような夜半に死体の処理をしているところを誰かに見られては、あらぬ誤解をされかねません。あ、陛下としては、生け捕りにして身元を吐かせた方が良かったでしょうか？」

だからこそ、ファルマスは思う。

この女は、最高だ――。

◇◇◇

天井裏に潜んだ不埒《ふらち》な侵入者を始末し、ひとまずヘレナは腕立て伏せの続きに戻ることにした。

まだ体はほぼ万全の状態だ。ここから疲れをきっちり溜《た》めて、次の鍛練までに更に良い筋肉とせねばならない。汗とて額に浮かんだ僅《わず》かなもので、鍛練の後のいい汗には未だ、程遠い。

と、ファルマスの後ろに回り込もうとしたのだが。

「お、おい、ヘレナ」

「はい？」

「……この槍は、このままにしておくのか？」

ファルマスが指差すのは、侵入者の心臓を貫いた槍。

その柄を流れる血で絨毯《じゅうたん》を汚すわけにもいかないため、その真下に木桶《きおけ》を置いてある。

「はい。何か問題でもありますか？」

「いや……何故、抜かないのだ」

「心の臓を一突きしました。抜けば、そのまま血が噴出しましょう。陛下より与えられたこの部屋を、不埒者の血で汚したくはありません」

「……そうか」

「一晩もすれば、血が固まりましょう。抜くのはそれからでも遅くはありません」

「…………そうか」

何かを諦《あきら》めたかのように、頭を抱えるファルマス。

戦場を生きるヘレナにとって、他人の血など見慣れたものだ。だが、もしかするとファルマスには刺激が強かったのかもしれない。

愚帝であるのは演じているだけとはいえ、実際にこのように血生臭いものを見ている、というわけではあるまい。

「……何故、ここに侵入者がいると分かったのだ？」

「あまり手練《てだれ》ではないのでしょう。気配の殺し方が甘すぎますし、僅かに足音も聞こえました。本当の手練であれば、己の気配を限りなく透明にし、その上で響く天井裏を何一つ音を立てずに動くことができます。昨日の昼間にもこの輩はいましたが、わざわざ注意をする必要はあるまい、と捨て置いていたのですが」

「昨日もいたのか⁉」

「ご安心ください、昨夜はいませんでした。この程度の敵ならば酔っていたところで気配を察知し、完封できる自信があります」

「……………そうか」

恐らく気付かなかった自分に対する自責の念にかられているのだろう、ファルマスが唇を噛《か》む。

そして、憎々しげに槍の刺さった先――侵入者の方を見て。

「後宮の治安を見直す。早急にだ。このような輩が侵入せぬよう、警護を強化しよう」

「……私は問題ありませんが」

「余が気にするのだ。これがもし、先にそなたが言った『本当の手練』であれば、そなたの身が危うかったであろう。そなたの身を危うくさせたのは余だ。ならば、その責任を取るのは余であろう」

「……はぁ」

実際に、気配を殺し足音を響かせない『本当の手練』が現れたところで、ヘレナには何も問題などないのだが。

ヘレナは武人として、己の領域を持っている。そしてその領域に何かしら接触があれば、必ず気付くのだ。一応ヘレナはこれを領域と呼んでいるが、その実は卓越した五感と戦場で磨かれた第六感の融合技である。

そして、その領域に入った以上、ヘレナを超える達人でない限りは始末できるだろう。

とはいえ、やる気になっている皇帝に水を差すのも悪いか。

「今宵は帰ろう」

「お帰りになられるのですか?」

「ああ。すまぬが……さすがに、槍から血の滴る部屋で執務をしようとは思わぬ。後宮の警備についても、早急に手配をしておきたいからな。それから……剣だが、明日の朝に持たせるよう手配する」

「承知いたしました」

よっしゃああああ!

声にも表情にも出さずに、心の中だけでそう叫ぶ。

ファルマスの訪れは別段迷惑というわけではないが、それでもヘレナは、できることなら一人で眠りたい。

今日はファルマスが来たことだし、アレクシアも朝までやってこないだろう。つまり、朝まで自由である。どれだけ酒を飲んでも誰にも迷惑をかけることがない。

「ヘレナよ」

「はい」

だが、そんな感情をおくびにも出さないヘレナは、すました顔のままでそう返答した。

これで頭の中が残念極まりないというのに、それをファルマスに気付かせていないのだから世の中不思議なものだ。

「そなたは……このように血の滴る部屋で、眠れるのか? 何ならば、余が他の部屋を手配するが」

「いえ、大丈夫です」

この程度の血の香りがするぐらいならば、戦場の天幕の方がどれほど血生臭いことか。

劣悪な環境にい続けたヘレナにとって、死体が一つ転がっている程度、何の問題もない。

「……そうか、ならば、余は何も言わぬ。もしも今日のように、侵入者がいれば余に報告をしてくれ」

「分かりました」

「それから」

そしてファルマスは。

そっと、ヘレナの耳へ口付けた。

「すまぬな。余のわがままに付き合わせた」

「――っ」

「ではな。我が『陽天姫《ようてんき》』よ。明日の夜、また来る」

耳まで真っ赤になったヘレナが、出てゆくファルマスを見送る。

というか、動けなかった。

武人として持ちえる領域。そこに接触があれば、ヘレナは感知することができるし動くことができ、そして避けることも防ぐこともできる。

剣の動きも、槍の突きも、拳《こぶし》の唸《うな》りも、全てを察することができる。

だが――ファルマスの唇だけは、避けることも防ぐこともできない。

「あー……もうっ！」

扉を閉じ、去っていったファルマスに、思いっきりそう叫ぶ。

侵入者を槍の一突きで始末することのできるヘレナが、全く勝つことができていない。

いつも、翻弄《ほんろう》されてばかりだ。

これなら、戦場の方がどれだけ落ち着くことか。

「飲もう」

どうしようもないことは、酒を飲んで忘れるに限る。

ファルマスの悪戯《いたずら》な口付けは、ヘレナをからかっているだけだ。このような嫁き遅れの女を、翻弄してくれるにも程がある。しかも向こうは絶対権力者であり逆らうことなどできないのだ。

こんな戦場は、苦手だ。

もっと単純な戦いならば、ヘレナの得意分野なのに。

昨日、レイルノート侯爵家から失敬した高級な酒は、全部飲んでしまった。残っているのは、別に持ってきていた安酒ばかりだ。

だけれど、それでいい。一人きりの酒飲みなのだから。

グラスに注ぎ、ぐいっ、と呷《あお》る。

度数の高いそれが、きーん、と染みるように感じた。

「あーっ！」

だけれど、どれほど飲んでも、心が晴れない。

何杯と呷っても、この心の衝動に説明ができない。

ざわざわする。

不快で、なのに心地良い。

「避ける、ことだって、できたのにっ！」

察知できていた。

ファルマスの奇妙な動き。近付いてくる端整な顔立ち。ヘレナの耳にあてられた柔らかな感触。

それを、感知できていた。昨日のような不意打ちではなく、そうしてくるのではないか、という予感だってあったのだ。

なのに、体は動かなかった。

「どうしてっ！」

まるで。

ヘレナがその行為を、求めているみたいに。

「あーっ！」

そう自己嫌悪で死にそうなヘレナが、安酒を一気に呷って瓶の中身を空にして。

一杯呷るたびに叫びながら、もし自己嫌悪が人を殺せるならば軽く一個師団は殺しきれるほど叫ぶ。

それが五本目に突入した時点で、意識を失った。

◇◇◇

ちゅんちゅん、と囀《さえず》る鳥の声に、ヘレナは重い体を無理やりに、這《は》いずるように起こした。

頭が痛く、全く思考ができない。ただでさえ回らない頭は、思考を完全に放棄するほどだ。今ならこの頭痛を解消してくれるのならば、どのような条件の契約を突きつけられたとしても、無条件で承諾してしまうであろうほど。

その理由など、分かっている。分かりきっている。

昨夜は、飲みすぎた。

「ぐあ……頭がぁ……」

覚えているだけでも、三本は空けた。

それもレイルノート家から失敬した高級酒でなく、市井で扱われている安酒だ。高級な酒はあまり残らない、と言われているが、安酒は粗悪品である分、翌日に残る量も激しい。

つまり今、ヘレナは立っていられないくらいに頭痛が激しく、吐き気が止まらず、そして倦怠感《けんたいかん》が全身を襲っているのである。

完全に二日酔いだ。

「み、水……」

寝巻き姿で這いながら台所へ向かうその姿は、どう見ても令嬢のものでも武人のものでもなく、ただのみっともない酔っ払いである。

だが、このような状態が水の一杯程度で治るわけもなければ、その水まですら遠いという悲しい現実がそこにある。

それでも、ヘレナは自身の全力をもって台所——そこにある、水差しへと向かう。

気分は、断崖絶壁《だんがいぜっぺき》を登っているかのように。

現実は、絨毯の上を這いずり回っている。

「う、あ……」

だが、そんな最後の力もろくに残っておらず、ヘレナはがっくりと倒れる。

その際に自分の手が当たってしまい、昨夜の侵入者を突き刺した槍《やり》の下に置いていた血溜《ちだ》まりの木桶が、意図せず倒れた。絨毯を汚すつもりなどなかったのに。

そして、それはヘレナの体を濡《ぬ》らす。

返り血には慣れているヘレナだが、かといって他人の血を体に浴びて心地良いと思うほどに人間をやめていない。冷たい血が体を濡らすそれは不快だ。

しかし現在のヘレナに、それを防ぐ手立てはない。あるとすれば、時間の経過以外にあるまい。

だからそのまま、ヘレナは部屋の中央で、目を閉じた。

こんこん、と扉を叩《たた》く音。

恐らく、アレクシアがやってきたのだろう。このように二日酔いで倒れているみっともない姿を見せるなど恥も甚だしいが、それでも動けないのだから仕方ない。

ひとまず、アレクシアに介抱してもらってから水を飲みたい。

そんな想いはあるも、体は動いてくれない。

「おはようございます、ヘレナ様……」

扉を開いて入ってきたその声は、まさしくアレクシアのもの。

他の者であれば、このようなみっともない姿を晒《さら》すのは躊躇《ためら》うが、アレクシアならばいいだろう。もう既に、みっともない姿などいくらでも見せている。湯浴みとか。

だが。

その一秒後に響いたのは。

「ぎゃ――――――――っ!!?」

絶叫だった。

それも当然だろう。ヘレナは部屋の中央に倒れており、その上の天井には槍が刺さっており、その体は血まみれである。

どう考えても、何かの事件が起こったとしか思えない。

「へ、ヘレナ様っ!?」

「あ、れく、しあ……」

気分が悪すぎて、呂律《ろれつ》すら回らない。

言葉を出すことすら億劫《おっくう》だ。もうこのまま眠りたいけれど、しかし激しい頭痛がそれを阻む。

まるで永遠に続くかのような拷問に、ヘレナは目を開けることができない。

「ヘレナ様っ!　何があったのですか!?　陛下は……!?」

「へ、いかは……」

そういえばアレクシアは、ファルマスが途中で帰ったことを知らない。

ならばせめて、この二日酔いの現場にはいない、ということだけは伝えておかねばならないだろう。

「ここには、いな、い……」

「では、攫《さら》われたのですか!? 一体何者に!? ヘレナ様にこれほどの凶刃を振るう者がいたというのですか!?」

「あ、れく、しあ……」

「はいっ！ ヘレナ様、それ以上喋《しゃべ》らないでください！ すぐに宮医を呼んで参ります！」

宮医？

そんなものは、必要ない。

二日酔いの最大の薬は、時間だ。この苦しさも、気持ち悪さも、時間が解決してくれるだろう。

わざわざ、二日酔いのために苦い薬など飲みたくない。

だから、ヘレナは、首を振る。

「アレクシア……いい。医者は……いい」

「そ、そんな!? ヘレナ様！ 気をお確かに持ってください！ まだ手遅れではありません！」

だが。

ヘレナのそんな言葉は、アレクシアからすれば断罪にも等しいものだった。

絨毯《じゅうたん》に広がる血の量は、どう考えても致死量だ。この状態で、ヘレナが生きている方がおかしい。

だからこそ己の死期を悟り、このように医者を拒む——それは、武人としての立派な生き様だ。

アレクシアは両の眼に涙を溜めながら、しかし零さぬよう堪える。

ヘレナは、己の命を以《もっ》て、陛下を守ったのだ。

恐らくは、あのように先端に包丁を縛っただけの即席の槍で。激しい戦闘が行われたがゆえに、天井に刺さっているのだろう。

そしてヘレナの力があれば、己の命を賭《と》せば、ファルマスを逃がすだけの時間を稼ぐことくらいはできる。

ならば、アレクシアにできることは――。

「ヘレナ、様」

「ああ……」

「わたしに、できることはありますか？　どうか、何でもお言いつけください。ヘレナ様のためならば……わたしは、何でもします」

その、遺志を継ぐことだ。

ヘレナは、少しだけ安心したように、目を閉じたままで、微笑む。

そして。

「……水を、くれ」

「……はい？」

「水と……木桶《きおけ》を、用意、してくれ……早く、頼む」

意味の分からない、ヘレナの要求。

アレクシアはあまりの要求に思わず止まりながら、しかし己の仕える主の最期に、必要だというそれを用意する。

水差しからグラスに注ぎ、そしてヘレナの頭ほどある木桶を用意して。

「ヘレナ様、用意いたしました」

「ありが、とう……」

ヘレナはそれを、ぐいっ、と飲み干す。

何故それほど元気なのだろう、とアレクシアは目を見開きながら、しかし混乱に言葉は何も出ない。

ヘレナはげふぅっ、と酒臭い息を振りまいて。

そして。

「おえええええええええええ!!!」

思い切り、木桶の中へと胃に残った全てを。

逆流させた。

◇◇◇

「……驚かせないでください、ヘレナ様」

「いや、ほんと、ごめん……」

一度吐いたことにより、大分すっきりしたヘレナは、現在ソファに座っている。勿論《もちろん》、血まみれの寝間着はアレクシアにより強制的に交換され、そして湯浴みへと連れていかれた。

それからソファに腰掛けて、頭痛と不快感で死にそうなほど苦しいヘレナが、たどたどしくも事情を説明して、今に至るのだ。

はた迷惑以外の何物でもない。

「いや、まさか私も、これほどの事態になるなんて思わなかったんだ」

ヘレナは倒れ、その体は血まみれ。

簡素な槍が天井を突き刺したままでぶら下がったまま。

酒瓶が五本、空っぽのそれは絨毯の上に散乱。

誰がどう見ても、何かの事件が起こった現場でしかないだろう。

「お酒は控えてください」

「いや、その……」

「控えてください。分かりましたね？」

「……はい」

さすがに、今日のような姿を見られては、強く拒否もできない。

こんな二日酔いの姿を他の人に見られたら、と思うと、酒を控えるのは当然だろう。

酒をやめろ、と言わないだけ、アレクシアの優しさに感謝すべきところだ。

「あー……頭痛い」

「何故そこまで飲んだのですか」

「それは……」

思い返す、ファルマスの去り際、その悪戯《いたずら》な口付け。

それだけで、頭痛が増すようにすら思えた。

「まぁ……色々」

「……左様ですか。まぁ、構いませんけど」

そう言ってお茶を濁すヘレナと、疑いの眼差しを突きつけてくるアレクシア。

どうしよう――そう、痛む頭で考えていると。

こんこん、と扉が叩かれた。

対応するのは、アレクシア。このような朝からヘレナの部屋を訪れる相手は、誰がいるだろう。

少なくとも、『星天姫《せいてんき》』マリエル嬢ではあるまい。

「失礼いたします、『陽天姫』様……ぎゃあああああ⁉」

部屋の中央に広がった血だまりに。

女官長イザベルが、いつもの無表情を歪《ゆが》めて思い切り叫んでいた。

◇◇◇

「……なるほど、事情は理解しました」

「ああ……その、すまない」

平静を取り戻したイザベルに、そう謝罪するヘレナ。

どう考えても悪いのは飲みすぎたヘレナである。そして、それを理解できないほどに狭量というわけではない。イザベルの立場が己より下であれ、悪いことは悪いとそう自身で反省することは必要だ。

というか、本当に反省している。もう酒は控えよう。

「それで……イザベル、何か用か？」

そこで、改めてイザベルを見やる。

本来、このような朝から女官長が訪れてくる、ということはないだろう。それがこのように突然の訪問が行われたということは、何か理由があって然るべきだ。

「では、その前に。『陽天姫』様の部屋付き女官は、そちらのアレクシアです。そして女官全体を統括するのはわたくし、イザベルでございます」

「……ん？　ああ」

そんなことは当然知っている。だというのに、イザベルはそれを確認させてきた。

その言葉の意図は、何なのだろう。

「つまり、『陽天姫』様のお部屋へと入ることができるのは、アレクシアとわたくしの二名のみです。『陽天姫』様は侍女を伴っておりませんので」

「そうだな。それがどうかしたか？」

「それを踏まえて、ご許可をいただきたいのです。今より五名の女官が、『陽天姫』様のお部屋へと入室させていただきますが、よろしいですか？」

「……？　ああ、構わないが」

イザベルの迂遠《うえん》な物言いは、よく分からない。だが、イザベルが五名の入室を必要だと考えたのならば、ヘレナに否はない。

そもそもこの後宮において、ヘレナの方が門外漢なのだ。女官長であるイザベルには従っておいた方がいいだろう。

「では、失礼します」

「ああ」

「入りなさい！」

イザベルが外へと、そう命令を出す。それと共に、ゆっくりと入ってくる五名の女官。

どれも見たことのない姿——そして、五人がかりで。

巨大な箱を、運んできた。

「……え？」

「申し訳ありません、『陽天姫』様。本来、わたくし一人でお持ちしなければならないところですが、どうにか五人がかりで運べる代物でして」

「い、いや……それは、一体？」

ずしん、と床へと置かれる、巨大な箱。

それを運んできた女官五名は、明らかに疲れた顔をしている。それだけ、重たいのだろう。こんなものを注文した記憶はないのだが。

「陛下より、『陽天姫』様への贈り物でございます」

「陛下から!?」

「はい。まさか、わたくしもこのように大きなものだとは思いませんでしたが」

ああ、とそこでヘレナは思い出す。

確か、欲しいものはあるか、と聞かれた。その際に、剣が欲しいと言ったのだ。

それも、できればヘレナの身長ほどもある巨大なものを、と注文した。朝に届けると言っていたが、まさか本当に朝のうちに来るなんて思わなかった。

ゆっくりと、ヘレナは置かれた箱を開く。

「おお……」

その中に入っていたのは、武骨ながらも細やかな細工の施された大剣だった。

滑り止めの溝が入った柄に巻かれているのは上等な布、そこから広がった鍔《つば》は金の拵《こしら》えが入り、皇家の紋章が入っている。しなやかに伸びる刀身は、重ねて作られた鍛造式であることが窺《うかが》える。

まさに、芸術品と呼んでも良いほどの剣だ。

「先々代の皇帝陛下がお集めになられていた剣の一振りだそうです。刃は潰《つぶ》しておりますが、これほどの大きさでしたら、切れ味など関係ないでしょう」

「……そんなものを、私が頂いてもいいのか？」

「陛下はそれだけ、『陽天姫』様のことを寵愛《ちょうあい》されているのでしょう。よろしければ、持ってみてはいかがでしょうか？」

女官が五人がかりでようやく運べるほどの、巨大な剣。

ヘレナはそれを、まるで恋する乙女のように見つめ、そして撫《な》で、ゆっくりと柄を持ち。

そして、持ち上げた。

「おお……！」

「……本当に、持ち上がるのですね」

ヘレナは、感動していた。

柄に巻かれた布はしなやかで、しかし滑り止めとしての役割をよく果たしている。窓から漏れる陽光にきらきらと映える刀身は、まさに鏡のように磨かれている。

これで刃が潰されていなければ、儀礼用に使われていてもおかしくないほどだ。

「『陽天姫』様」

「ん？」

そこでヘレナを呼び止めたのは、アレクシア。

二人のときにはヘレナ様と呼ぶが、さすがに女官を統括するイザベルの前で、それは控えたらしい。

「室内でその剣を振りますと、調度品の破損にも繋《つな》がりかねます。元より『陽天姫』様が武人であるということは、後宮の誰もに知れ渡っていること。よろしければ、中庭で振ってみてはいかがでしょうか？」

「それは素晴らしい考えですね、アレクシア。わたくしからもお願い申し上げます。中庭は現在、色とりどりの花が咲いております。花を愛でながら、陛下からの贈り物を試してみるというのもよろしいかと」

アレクシアの言葉に、追随してくるイザベル。

確かに、ヘレナとしてもこの素晴らしい剣を振ってみたい、という気持ちはある。だが、中庭のような目立つ場所でそんなことをしていいものだろうか。

もしかすると、他の側室に怖がられるかもしれない。

と、そんな風に考えるも、よくよく考えれば既に『星天姫』の一派には怖がられているわけだし、特に問題もないだろう。

そしてイザベルの許可もあるとなれば、行ってみるのも良いかもしれない。

「では、行ってみるか」

「はい。女官長、わたしは『陽天姫』様に付き従います」

「良いでしょう。では、『陽天姫』様。あまり早くに戻らないようにしてくださいませ。『陽天姫』様がご不在の間に、お部屋の掃除と死体の処理をさせていただきます」

ああ、なるほど。

頭の悪いヘレナにも、ようやく分かった。執拗《しつよう》に中庭を勧めてきたのは、この部屋の片付けをするためだったのか。

確かに、床に広がった血痕《けっこん》。

天井にぶら下がっている簡素な槍《やり》。

木桶《きおけ》から溢《あふ》れるヘレナの（自主規制）。

どう考えても、過ごしやすい部屋だとは言えない。

「分かった。では、昼まで中庭で過ごさせてもらおう」

「承知いたしました、『陽天姫』様」

恭しく頭を下げるイザベルに片手を挙げ、そのままヘレナは部屋の外へ向かう。

どことなく体に不快感は残っているが、二日酔いに最も効く薬は水と運動である。軽く汗を流せば、体の不調も消え去ってくれるだろう。

ファルマスから贈られた剣を見て微笑を浮かべながら、ヘレナはアレクシアの案内と共に中庭へと向かった。

◇◇◇

「随分と広い中庭だな」

「時に、ここで簡単なパーティを行うこともありますので。先々代の陛下の時代には、ここで五十人を超える側室と陛下との懇親会が行われた記録もあります」

「ふむ。だからか」

色とりどりの花が咲き乱れる中で、ぽっかりと開いた空間。

ヘレナが全力で剣を振ったとしても、問題はあるまい。周囲に他の側室の姿も見られないし、鍛練をするにはもってこいだ。

「アレクシア、離れていてくれ」

「御意に」

アレクシアが頭を下げ、離れてゆく。

できれば剣を振るに、模擬戦の相手が欲しいが、そういうわけにもいかない。

久しぶりに握った剣の重さに、体中から歓喜が湧き出てくる。

「くくっ……」

まるで戦場に戻ったかのような感覚。

ならば、それをより鮮明に、己の中に移す――。

思い描くのは、『赤虎将《せきこ》』ヴィクトル・クリーク。

彼が目の前で、ヘレナに向けて剣を構えているように、そう想定する。ヴィクトルとは馴染《なじみ》が深く、そして共に鍛練してきた仲だ。その腕は、十分に知っている。

まずは、初手――ヘレナが動く。想像の中のヴィクトルは、そのような簡単な攻撃など、あっさりと身を引いて避けた。そして巨大な剣を振った反動で、ろくに動けないヘレナへとヴィクトルの攻撃が襲ってくる。

しかし、それをヘレナは無理やりに動きを変えて迎撃。ヘレナの想像の中でだけ、剣戟の激しい音が響く。

ああ――楽しい。

まるで剣舞を踊っているかのように、ヘレナはひたすらに剣を振る。

己の身長ほどもある、女の細腕には決して見合わない大剣。だというのに、それが腕の延長であるかのように、ヘレナは踊っていた。

それが、どれだけ続いたことだろう。

腕が上がらないほどの疲労感。それは久しぶりに剣を握ったためか。やはり鍛練の基本は剣だ。腕立て伏せだけでは、必要な筋肉まで鍛えることができない。

少し休もう――そう思い、ヘレナは顔を上げて。

中庭に面した、渡り廊下に。

そこで、ヘレナを恐れるように視線を向けた。

『星天姫』マリエルと、目が合った――。

「……」

「……」

ヘレナの視線と、マリエルの視線が中空で絡む。

かといって別段、ヘレナとて脅しの視線をぶつけているわけではない。中庭で剣を振っていた、という事実は吹聴されて困るものでもないし、武器の持ち込みを禁じられている点についても、この剣が刃を潰しているものであり、ファルマスからの贈り物である、と説明すれば誰も否は言わないだろう。

だが、そんな事実など知らないマリエルからすれば、どう見ても脅しである。一瞬で後ろに回りこんで首を取ることのできるヘレナに、剣という新たな力が与えられた以上、武力において上に立てる者などいないだろう。

「……」

「……」

視線を合わせたままで、互いに言葉を発さない。

マリエルは、このようなヘレナの姿を見て、何を思っているのか。恐らく、そこには恐怖しかありえないだろう。

だから、だろうか。

最初に目を逸らしたのは、マリエルだった。

そして、さっ、とヘレナの視界から脱出するように、足早に去ってゆく。何の用で渡り廊下にいたのかは分からないが、厄介な相手に見られたものだ。

とはいえ、どうせこれからも鍛錬は続けるのだ。これからも中庭で剣を振り続ける以上、いずれは見られることになる。

そう考えれば、別段悪いことでもあるまい。

「ヘレナ様？」

「ん、ああ……すまない」

「いえ。『星天姫』様については、気になさらないでよろしいかと。茶会であれほどの屈辱を与えられた以上、そう簡単にヘレナ様へ害をなす真似はしないでしょうし」

確かに、悪意のある視線ではなかった。

戦場で敵から与えられるような、憎悪の感情は全く見られなかった。マリエルが感情を隠すことが上手い、というわけではないだろう。もしも感情を隠すのが上手いならば、茶会であれほど激昂《げきこう》することなどなかっただろうし。

だということは、憎悪以上に恐怖がそこにあったのだろう。さすがに、細かい感情の一つ一つまで視線で分かるほど、ヘレナは器用ではない。

「少し、休憩をする。水をくれ」

「はい」

アレクシアから渡された水を、くいっ、と飲み干す。

令嬢の休憩といえば紅茶が定番なのかもしれないが、熱い紅茶など鍛錬の間に飲むのは適さない。水分の摂取だけが目的である以上、水が一番だ。

もっと続けるならば糖分や塩分も必要だが、それほどまでに汗をかくことはないだろう。

「しかし、ヘレナ様は素晴らしい膂力《りょりょく》をお持ちですね」

「ん……そうか？」

「女官五人がかりで運んだ剣だというのに、軽々と振り回しておられる気がします」

「……まぁ、それほど重くはないな」

現実に、この剣くらいの負荷ならば、長く振っていられる。戦場でもないただの鍛練ならば尚更だ。

実戦となれば、その負荷は鍛練の数倍に及ぶ。だからこそ、戦場では取り回しの簡単な斧槍《おのやり》と、片手で扱える剣を携えているのだ。大剣を持って戦場に向かうのは、取り回しの面であまり良くないのである。

だが、剣術は全ての武器に通じるものだ。

だからこそ鍛練は剣で行い、剣に身を捧《ささ》げる。そして重ければ重いほど、その膂力は鍛えられる。鍛えられた膂力こそが、戦場での何よりの力となる。

本能的に動く将であるヘレナであり、常に先頭を走る存在であるがゆえに、その武力は卓越していなければならないのだ。

「さて、では続きをやるか」

「もう、ですか？　休憩は……」

「休むのは少しだけでいい。指の一本も動かすことができないほどに疲れ果ててこそ、鍛練の成果が出るというものだ」

そしてヘレナは、もう一度剣を振り上げる。

ずしん、と両手にかかる負荷。だが心地良いそれに身を任せ、ヘレナは剣舞を踊る。

次に想定する敵は——この後宮に入る少し前に戦った強敵、ガゼット・ガリバルディ。

巨大な薙刀《なぎなた》を構えた偉丈夫へと、ヘレナは剣先を向ける。

「ふんっ！」

膂力のままに振り上げ、下ろす一撃。ガリバルディはそれを薙刀で受け流し、ヘレナへ向けて薙刀を一閃《いっせん》。

しかし老体に鞭打《むちう》った攻撃などヘレナには恐るべきものでなく、ガリバルディの首を狙い横薙《よこな》ぎに一撃。ガリバルディは後ろに退いて避けるが、ヘレナは更に肉薄する。

距離が近ければ、それだけヘレナの射程。

薙刀はあくまで中距離の武器であり、大剣は近距離の武器なのだ。ガリバルディの首を取るならば、より接近することが必要なのだ。

そして薙刀は近距離においてその威力を失い、ヘレナは袈裟《けさ》斬りに大剣を振り落とす。

肉を斬る感覚——は、なかったが、間違いなくそれは必殺の一撃。

「……ふぅ」

想像の中でだけ、ガリバルディが倒れるのが分かる。

己の想像の中でだけ戦うわけだから、そこに領域による察知は含まれない。そして、数多《あまた》の戦場を経験してきたヘレナであるからこそ、相手の強さを忠実に再現した模擬訓練を行うことができるのだ。

恐らくこの剣を使って、ガリバルディと二度目の戦いを行っても、勝つことができるだろう。

「……さすがに、弱すぎるか」

ヘレナがガリバルディと会ったのは、あのリファール王国からの侵攻に対し、禁軍を率いて迎撃したときのみ。

だがリファールにおいて『暴風』と称えられたガリバルディの全盛期を、ヘレナは知らない。だからこそ、これほどまでに弱かったのだ。

だが、仕方ない。

「八つ当たりだな」

先程まで。

腕が上がらなくなるまで延々と剣舞を行っている間、敵として想定していたのはヴィクトルだった。

そしてその間、ヘレナは何度となく敗北をしていたのだ。そして、何度剣を振っても当たるイメージが浮かばなかったのだ。

だからこそ、ちょっとした八つ当たりで敵をガリバルディに変えてしまった。

こんなにも、自分は弱かっただろうか。

武人として、戦場で戦っていければ、それだけで満足だったのに。

「……あー」

考えても、考えても、答えは出ない。

だったら、最初から考えなければいい。思考は放棄し、ただ今は剣となる。ヘレナそのものが一本の剣となり、剣を腕の延長とした一人の戦士になるのだ。

斬る。

斬る。

斬る。

剣の舞は、まさに文字通り腕が上がらなくなるまで、続けられる――。

「ふぅ」

「お疲れ様です、ヘレナ様」

どれほどまで剣を振っていただろう。

考えるのも億劫《おっくう》なほどに疲れ、額にいい汗を浮かべたヘレナは、アレクシアの設置してくれた椅子に座って休憩した。

まだまだ動き足りず、しかし腕は悲鳴を上げている。これ以上酷使しては、明日《あした》に響くかもしれない。だが、それ以上に剣を振れる喜びがある。

まったく――ほんの一週間ほど戦場から遠ざかっただけだというのに、肉体とは不自由なものだ。

「少し休んで、また振るか」

「……まだ、続けられるのですか」

「ああ。まだまだ足りない。もっと、もっと強くならねば」

ヘレナが強ければ、ファルマスのあのような悪戯《いたずら》に心動かされることもないだろう。武人として、より高みに達することができれば、もっと落ち着いていられる。

鍛練は全てに通じる――そうヘレナが信奉する以上、体を鍛えて心を磨く、という形に落ち着くのは仕方ない。

本人は理解できないだろうが、完全に努力の方向音痴である。

ヘレナは水を飲み、立ち上がる。

まだまだ、汗を流す量が足りない。このように動きにくいドレスなど、破り捨てたいくらいだ。

次の仮想敵は、かの最強――『青熊将《あおくま》』バルトロメイ・ベルガルザード。

巨人が如き偉丈夫が大斧《おおおの》を構えるそれと、ヘレナは大剣をもって相対した。

未だに一度も勝ったことのない、八大将軍最強の男。

ただ一人で万の軍勢に値する、と周辺諸国から恐れられる最強の武人。

ヘレナは嬉《うれ》しさに、口角を上げながら剣を握り。

そして。

「は、ぁっ！」

思い切り、振り上げた。

当然ながら、そのような雑な一撃で揺らぐバルトロメイではない。そんな攻撃など簡単にいなされ、代わりに流星が如き一撃が叩《たた》きつけられる。

だが、それに反応できないヘレナではない。

ただの兵士ならば、この一撃で頭から両断されているであろう攻撃。しかしヘレナは思い切り剣を振り上げ、その一閃を止めた。

大剣を縦横無尽に動かすには、それなりの膂力が必要だ。

ヘレナの鍛え上げた体は、遠心力に逆らって大剣を防御に回せるほどの力を発揮してくれる。

そしてバルトロメイに返す一撃――と、剣を構えた、そこで。

「あらあら……中庭で随分と物騒なことをしていらっしゃいますの、『陽天姫』様」

そう、高く澄んだ鈴のような闖入者《ちんにゅう》の声。

羽毛で誂《あつら》えられた扇子を口元に当てながら、『月天姫《げってんき》』シャルロッテ・エインズワースが、まるで見下すようにヘレナを見つめていた。

◇◇◇

『月天姫』シャルロッテ・エインズワース。

ヘレナの父アントン・レイルノート宮中侯の政敵であるアブラハム・ノルドルンド侯爵が縁戚《えんせき》であり、社交界の美姫と称される少女だ。

整った顔立ちは美しいという言葉すら賛辞になりえず、女神のような、という人間を超越した称賛が並べられるほどだろう。透き通るような白い肌はまるで陶磁器のように輝くそれで、十六という年齢も相まって人形のようにすら感じられる。

まさに、神があらゆる全てをもってして創りたもうた美少女。

その美しさの前では、同じく美少女である『星天姫』マリエルすら霞《かす》んでしまうほどだ。

「は、ぁっ……こんにちは、『月天姫』様」

「ご機嫌よう、『陽天姫』様」

ふふっ、と嘲笑《ちょうしょう》する口元を隠しているのであろう、羽毛で誂えた扇子。

その所作一つ一つに高貴なそれが滲《にじ》み出ているが、しかし嘲《あざけ》る感情までは隠せないのだろう。

よくよく見れば、そんな『月天姫』の周囲には、十人を超える側室。

「何用でしょうか、『月天姫』様」

「別段、あなたに用はございませんの、『陽天姫』様。わたくし、午前をこちらで仲良しの方々とお茶会でもと思っていましたの。それが来てみれば、随分といかめしいお顔で剣を振るっていらっしゃる『陽天姫』様をお見かけしましたの」

「それはそれは。私も女官長に、午前はこちらの中庭で過ごす、と言ったのですよ」

「まぁ。『陽天姫』様にも花を愛でるお心がおありですの？　それとも、ただ剣を振るのに広い場所が必要だから、ここにいるだけですの？」

「お言葉の通り、広い場所が必要だからいるだけですよ」

シャルロッテと、そんな風に言葉だけで牽制《けんせい》をし合う。

後ろの側室たちは、「まぁ、野蛮なこと」「これだから元軍人とやらは」などと口さがなく呟《つぶや》いており、ヘレナにもはっきりと聞こえている。それも全て、彼女らが『月天姫』シャルロッテの庇護《ひご》下にあるからだろう。

ここで全員黙らせるか――一瞬、そんな物騒な考えが浮かぶが、自重する。

さすがに、他の側室へ暴力を振るうことは、許されまい。

「では、『陽天姫』様はお花に興味がない様子ですの。わたくし達に場所を譲っていただけます？」

「ほう。何故そうお思いに？」

「広い場所が必要でしたら、そのあたりの茂みででも行ってはいかがですの？　『陽天姫』様が剣を振られると仰られるなら、枝の伐採をしなくともよろしいですし」

ぴくり、とヘレナの眉根《まゆね》が寄せられる。

シャルロッテは、明らかに嘲笑している。その厭味《いやみ》が直接的な分だけ、残念な頭をしているヘレナにも伝わりやすい。

ヘレナの剣舞を、伐採と同等に見なすその態度は、あまりにもヘレナの癇《かん》に障るものだった。

「お断りします。後からいらっしゃったのはそちらでしょう。中庭に使用許可が必要というわけでもありますまい。私の剣が届かない位置ならば、どうぞご自由にお茶会を」

「あら、でしたら、どこまで『陽天姫』様の剣が届くのか教えていただけますの？」

「この後宮で、届かぬ場所などありませんよ。私はただ剣を振って鍛えているだけです。事故にはお気を付けくださ い」

『星天姫』マリエルよりも、『月天姫』シャルロッテよりも、ヘレナが優れていること。

それは、武力だ。

どこかの側室を殺せ、とでもファルマスから命じられたら、何の躊躇《ためら》いもなく一瞬で殺すことができるだろう。たとえ部屋に鍵《かぎ》を掛けたとしても、扉ごと壊して断行することができる。

だからこそ、それを脅し文句にする。

「あらあら、怖いことを仰いますの」

「さて、何のことでしょう？」

「では、もっと簡単に申し上げますの。邪魔なので、ここから去りますの」

シャルロッテは微笑を浮かべながらも、しかし眼差しは笑っていない。

ヘレナの武を、軽んじているのだろう。昨日、脅してみせた『星天姫』の一派は、割とあっさり引き下がったというのに。

少し、脅すか――そう、アレクシアを見やる。

だが、アレクシアは首を振った。

「ほほう、『月天姫』様は、自分のご都合通りに他者が全て従うと、そう思われているのですか？」

「違いまして？　わたくしは『月天姫』ですの。正妃に次ぐ地位ですの」

「そうですか。私は『陽天姫』です。立場としては同じはずなのですけどね」

「あら。あなたはお一人ですの。わたくしはお友達も連れてきておりますの。『陽天姫』様は武人と仰いましたが、まさかわたくしやわたくしのお友達へその剣を向けるつもりがありますの？」

イライラする。

いっそここで、全員この剣で薙《な》ぎ倒してやろうか、とすら思う。

だが、ここで下手に暴れるわけにはいかない。あくまでファルマスの考えは、政治の均衡を整えることだ。ヘレナがシャルロッテに暴力を振るった、という事実があれば、それをアントンの失脚にすら繋《つな》げられるかもしれない。

だからこそ先程、アレクシアは首を振ったのだろう。

「いいえ、私はあくまで武人。陛下のお力になるための武力であり、帝国の尖兵《せんぺい》となるための武力です。それをあなた方のような令嬢に向ける必要はないでしょう」

「それは安心しましたの。『陽天姫』様のようなお強い方がわたくし達を守ってくれると言われるのですから」

「ええ。私の敵となるのでしたら、話は別ですがね」

ヘレナとシャルロッテの視線が、ぶつかり合う。

視線と視線が交わって火花が起こるのであれば、きっともう爆発するくらいだろう。

こんな戦場は苦手だが、しかし退くわけにはいかない。

「あら、そういえば……確か、後宮に武器の持ち込みは禁じられておりませんでしたの？」

まるでシャルロッテが、今気付いた、とばかりに周囲の側室へ向けてそう言った。

恐らく言われるだろう、とは思っていたけれど、それに対する返しはある。

「まぁ。陛下の庇護のもと、安寧である後宮に武器を持ち込むなんて」

「陛下のことを信頼しておられないのでしょうか」

「野蛮ですこと。淑女たる者、武器など持つべきではないでしょう」

周囲の側室もそれに乗っかり、次々とヘレナの剣へとそう言ってくる。

面倒臭い。

どいつもこいつも同じような顔をした側室で、何の特徴もない。美しいのは美しいのだろうけれど、その程度の美しさは『月天姫』シャルロッテの前では塵芥《ちりあくた》も同然だ。

どうしてこう、取り巻きというのは鬱陶《うっとう》しいのだろう。

「わたくしとて、護衛の者はおりますが……持たせているのは木剣ですの。そのように大きな剣を持ち込むなど、後宮の規則をご存じありませんの？」

「存じていますよ。刃は潰《つぶ》しております」

「まぁ。それが免罪符になるとでもお思いですの？　正気を疑いますの。皆さん、聞きましたの？　刃を潰したからといって、武器の持ち込みなど許可されていませんの。わたくし達に害をなすおつもりではありませんこと？」

シャルロッテが驚いたようにそう言ってくる。

だが、そんなシャルロッテの言葉に。

ヘレナは笑った。

「ほう、刃を潰した剣を後宮に持ち込むことは、その人間の正気を疑うと、そう仰いますか」

「あら、違いますの？　そんなことが罷り通っては、陛下の後宮で戦争が起こってもおかしくありませんの」

「では、この剣をご覧になってもそう思われますか？」

「一体何を……」

ヘレナは右手に持っていた剣を、目の前へと掲げる。

その鍔《つば》に刻まれた。

皇家の紋章が、見えるように。

「――っ⁉」

「ご覧の通り、こちらは先々代陛下の集められていた一振りです。何故私がこんなものを持っているのか、分かりますか？」

「ま、まさか……！」

「ええ。陛下からの贈り物です」

青ざめたシャルロッテに、ヘレナは切っ先を向ける。

一振りで、その命を断てる位置――そこで、断罪を、問う。

「まさか、陛下から私に贈られたものを、そのように非難されるということは……陛下のことを軽んじておられるので？」

「わ、わたくしは、そんな……！」

「随分と楽しそうなお話をされているのですね」

ざっ、と、そこに入ってくる闖入者。

『月天姫』シャルロッテと、『陽天姫』ヘレナ。

その会話に口を挟むことのできる人間は、それと同等の地位にいる存在か、はたまた皇帝。それだけだ。

だからこそ、その姿は見えずとも、ヘレナには分かった。

「あたくしも、交ぜていただけませんか？」

三天姫《さんてんき》としての同格。

『星天姫』マリエル・リヴィエールが、取り巻きを連れて、そこに立っていた。

◇◇◇

『陽天姫』ヘレナ・レイルノート。

『月天姫』シャルロッテ・エインズワース。

『星天姫』マリエル・リヴィエール。

ここに、まさに今、後宮の頂点に立つ、『三天姫』が全て揃《そろ》っている。シャルロッテとマリエルは、その背に取り巻きの側室を十人以上連れながら。

　孤軍奮闘は、ヘレナだけだ。

「これはこれは、『星天姫』様」

　まず、口火を切ったのはシャルロッテ。

　口調こそ丁寧だが、その眼差しには憎々しい感情が篭《こも》っている。恐らく、シャルロッテ自身はマリエルを侮っている部分が多くあるのだろう。

　シャルロッテは伯爵令嬢であり、マリエルは男爵令嬢。その身分の差がありながらにして同格である、ということに対する苛立《いらだ》ちか。

「何をなさりにいらっしゃいましたの？　わたくし、『陽天姫』様とお話をしていたのですけれども」

「まぁ。同じ側室の一人として、あたくしもお二人の歓談に参加させていただければ、と思っただけですわ。まさか『月天姫』様。あたくしのことをご迷惑だと仰られるの？」

「とんでもないですの。ただ、随分とお顔の皮が厚いもの、と感心していただけですの。同じ三天姫とはいえ、まさかご自分をわたくし達と同じだと考えていらっしゃるなんて」

「あら？　あたくしの立場は陛下より頂いたものですわ。そこに異があると仰られるなんて、もしや先に『陽天姫』様が仰られていたように、謀反のお考えでもあるのでしょうか？　そうであるならば、『月天姫』様の後ろ盾でもいらっしゃるノルドルンド侯爵にも、その嫌疑がかかるでしょうね」

　ヘレナを間に置いて、睨《にら》み合うシャルロッテとマリエル。

よくこれほど、丁寧な口調でありながらにして罵詈雑言《ばりぞうごん》が言えるものだ。語彙《ごい》に関しては、圧倒的にヘレナの敗北である。

「まさか、わたくしにそのような考えがあるとでもお思いになられていらっしゃいますの？　『星天姫』様はどうやら、見目のみならず頭も悪いご様子ですの。同じ正妃扱いたる三天姫として敬意を表するべきかと思っていましたけど、認識を改めるべきですの」

「いえいえ、見目と出自しか取り得のない方だと思っていましたから、そのような大望を抱いているなどとは存じ上げませんでしたわ。もしやご自分にそのような嫌疑がかからぬよう、敢えて道化を演じていた、とでも仰られるのでしたら、これまでの奇行も納得がいくというものですわ」

「……随分な仰りようですの、『星天姫』様。どうやら、立場をまだお分かりになっていない様子ですの」

「何を仰られますか、『月天姫』様。あら、そちらのドレス、素敵ですわね。可愛らしい装いですし、よくお似合いですわよ」

うふふふふふふふふ。

二人揃ってそう笑いながら、しかし目は全く笑っていない。

女同士の厭味の言い合いの、なんと恐ろしいこと。戦場よりも恐ろしいものを見て、ヘレナは既に萎縮《いしゅく》していた。

二人の会話に、何の言葉も挟みこめない。

「素晴らしいドレスでしょう？　出入りの仕立て屋が仕上げたものですの。もっとも、ドレスなんて着る者の魅力を少し引き上げる程度でよろしいですの。『星天姫』様のようにドレスに着られて

いるようでは、主役がドレスになってしまいますの」

「おやおや、これは異なことを仰いますね。いや、素晴らしいドレスですわ。当家の商会が卸しております布地を、ご贔屓《ひいき》いただきありがとうございますわ」

む、とそこで、シャルロッテの眉根が寄せられる。

マリエルの家、リヴィエール家は大商会アン・マロウの経営者だ。少なからず、布地やドレスなども扱っているのだろう。

「その布地、素晴らしいでしょう？　それほどお高くはないのですが、高級品に見える、と評判ですわよ」

「――っ！」

「もっとも、やはり本物の高級品と比べますと粗はありますわ。ですけど、あまり裕福でない伯爵家が遠目で見目を飾るだけなら、十分な品だと思いますわよ」

立場は同じ。

地位はシャルロッテの方が上。

しかし、その財力はマリエルの方が圧倒的に上。

帰ってもいいかな、とヘレナはなんとなく思ってきた。出番はなさそうだ。

「くっ――！　そ、そうでしたの。仕立て屋は、そんなことを一言も言っていなかったから、知りませんでしたの」

「あらあら、では、財力に見合ったものを、と仕立て屋が気を利かせてくれたのでしょうね。よくお似合いですわよ」

「ぐぐっ……」

シャルロッテが、唇を噛《か》む。

それは財力という、実家の持ちえる力だ。ヘレナはエインズワース伯爵家がどのような経済状態なのか全く分からないけれど、マリエルの言によれば、あまり裕福ではないらしい。

確かにガングレイヴ帝国全体でも、伯爵以上の貴族は少ない。だが、その全てが潤沢な領地を持つ、というわけではないのだ。

「ふん……下級貴族の遠吠《とおぼ》え、とでも聞いておきますの」

「あらあら、出自くらいしか誇れるものがないというのは大変ですわね」

「あなたとお話をすることは、時間の浪費にしか感じられませんの。わたくし、これからお友達とこちらでお茶会をしますの。帰っていただきたいですの」

「それは偶然ですね。あたくしも、こちらでお友達とお茶会をしようと思いますわ。よろしければ、ご一緒いたしませんか？　ああ、勿論、お茶は東のコルガンダより仕入れた茶葉を用意しておりますわ。お茶菓子は、皇室御用達の菓子店から仕入れております。あたくしとお友達の分しか用意しておりませんので、そちらはそちらでご用意されたものをと思いますけれど」

うふふ、とそこで、マリエルは目を細める。

圧倒的な財力を、示すように。

「まさかとは思いますけど……アルマローズの貿易港から仕入れたような粗悪な茶葉を持ってきてはおられませんわよね？　あそこの品は質も悪く、大したものでもございませんし……まぁ、お安いことだけは知っていますけど」

「ぐっ……！」

「まさかご高名な伯爵令嬢たる『月天姫』様が、そのような粗悪品をお飲みになられているわけがありませんわよね。よろしければ、茶葉を拝見したいのですが」

そう、マリエルが一歩踏み出す。

それと共に、シャルロッテが一歩退く。

確か、アルマローズの貿易港から仕入れたお茶だと、ヘレナが最初に部屋を訪れた際に振る舞ってくれたはずだ。ヘレナはそのあたりに詳しくないけれど、まさか粗悪品だとは知らなかった。

いや――マリエルからすれば、本当に高級な茶以外の全ては粗悪品なのかもしれない。

とりあえず完全に蚊帳《かや》の外にいるヘレナは、ただ黙ってそんな舌戦を見守るだけだ。

「ふん！　皆さん、わたくし、気分が悪くなってまいりましたの。今日のお茶会は中止にしますの」

「あら、でしたらこの中庭は、あたくし達で使わせていただいてよろしいのです？　『月天姫』様」

「勝手になさい。わたくしは帰りますの」

そう、完全に言い訳だというのにどこまでも傲慢《ごうまん》に、シャルロッテが背を向ける。

この場での舌戦は、マリエルの完勝か。

シャルロッテが去ってゆく姿を、にこにこと目が笑っていない笑顔でマリエルは見送り。

「失礼しましたわ、『陽天姫』様」

「とんでもない、『星天姫』様。いや……すごいですね」

「何かございました？　あたくし、いつも通りですわ」

純粋にヘレナが凄《すご》いと感じてしまったのは、厭味《いやみ》の言い合いなのだが。

さすがに、それを堂々と言うわけにはいかない。

「どうやら『陽天姫』様は、こちらの中庭で鍛練をされているご様子。あたくし、邪魔はいたしませんわ。さ、皆様、『芍薬《しやくやく》の間』でお茶会をいたしましょう。よろしければ、『陽天姫』様もご一緒にいかがですか？」

「い、いや……私は、鍛練がありますゆえ」

「それは残念ですわ。では、また機会がありましたら」

うふふ、と笑いながら去ってゆくマリエル。

まるで最初から、中庭でお茶会をするつもりなど、なかったみたいに。

そんな背中を、ヘレナは呆然《ぼうぜん》と見つめながら。

「……何だったんだ？」

そう、マリエルの真意が読めず、呟《つぶや》いた。

◇◇◇

「……と、いうことがありまして」

「ふむ。解せぬな」

夜。

当然のようにヘレナの部屋へとやってきたファルマスを、特に焦ることもなく迎えた。さすがにこのところ毎日であるし、昨夜に「明日《あした》の夜も来る」と宣言されていたため、準備万端で迎えた、と言っても良いだろう。

今日のファルマスは特に仕事をするつもりもないようで、手ぶらだった。そのため、アレクシアに命じて厨房《ちゅうぼう》から持ってこさせた高級な酒を注ぎつつ、こうやって話をしている。

ヘレナはお茶だ。二度とファルマスの前で酒を飲まない、と誓ったから。

そしてこれを機に、とファルマスには後宮におけるあれこれを説明している。

『星天姫』マリエルとの茶会と、中庭での出来事。それを掻い摘まんで、だが。

「……しかし、余が年上好きか」

「申し訳ありません。陛下を貶《おとし》めるような真似をしてしまいました」

「良い。実際のところ、たいして間違ってはおらぬ。エインズワースの娘など、乳臭い小娘としか思えぬからな」

ほっ、とヘレナは心中で安堵《あんど》する。

皇帝であるファルマスについて、事実無根の噂を流したようなものだ。場合によっては、名誉毀損《めいよきそん》として処罰を受ける可能性もある、と一応考えていた。そうでなくても、不敬であることは間違いあるまい。

だが、ファルマス自ら許してくれた。これで一安心といったところだろう。

「しかし、リヴィエールの考えが分からぬな」

「……そうですね」

『星天姫』マリエル・リヴィエール。

茶会でヘレナを貶めようとして、完膚なきまでに叩《たた》き潰《つぶ》した相手だ。本来なら、もうヘレナに近付くことすら嫌がるだろう。

だというのに『月天姫』シャルロッテと揉《も》めていた場に突然現れ、まるでヘレナの味方をするかのように舌戦に完勝した彼女。

何を考えているのか、ヘレナには全く理解できない。

ありえるとすれば。

「私と仲良くしたいのでしょうか」

「それはあるまい」

そんなヘレナの考えを、ファルマスはあっさりと否定する。

それも当然だ。茶会で紅茶をかけられるほどに忌まれ、闇討ちを仄《ほの》めかして脅すほど憎い相手。しかも、その後命の危機すら与えられたわけだから、ヘレナに関して良い感情など持ち合わせているはずがないだろう。

加えて、ヘレナはファルマスが唯一訪れている側室。

同じ正妃扱いとはいえ、ヘレナの立場とマリエルの立場は、圧倒的に違うのだ。

ファルマスの寵愛《ちょうあい》を受けるために争う後宮に、ヘレナの味方となる側室など一人もいるわけがない。

「では、何故私を庇《かば》うように現れたのでしょうか」

「そうだな……『月天姫』に対する、示威行動やもしれぬ」

「示威行動……ですか？」

　ファルマスの言葉に、ヘレナは首を傾げる。

　あの場で示威行動を行っていたのは、明らかにヘレナだ。刃を潰してあるとはいえ、ヘレナが剣を持ち、そしてそれを振っていたのは間違いない。つまり武器を持ちえることと、それを振るうだけの技量があることを示したのだ。

　だが、ファルマスはマリエルの行動こそが、示威行動だと言う。

「そうだ。そもそも、余の後宮ができてから最初にやってきたのが『月天姫』であり、『星天姫』は暫く経てからやってきた。それまで、三天姫として位置する唯一の人間だったがゆえに、随分と幅をきかせていたらしい」

「……はぁ」

「そんな折に、突然同じ格の人間が現れたのだ。『星天姫』がな。それも、実家こそアン・マロウ商会の力を持っているが、貴族としては格の落ちる男爵家だ。面白くないのは当然だろう。ゆえに、随分と『星天姫』と『月天姫』は対立していたと聞く」

　後宮には全く興味がなさそうな素振りを見せていたのに、そういった情報だけはしっかりと把握していたらしい。

　後宮の事情がそのまま表の宮廷でも力を持ちえるのだから、当然の配慮なのだろう。全てに気を回せるファルマスは、どこまで器用なのだろうか。

「そこへ、最後の三天姫である『陽天姫』……そなたが後宮へ入った。ゆえに、『星天姫』は考えたのではないか？　正妃扱いである三天姫のうち、『陽天姫』であるそなたと『星天姫』が結託することにより、『月天姫』を超える勢力を作ることができる、と」

「……」

分からない。

ファルマスが何を言っているのか全く分からない。

だがそれでも、真剣な眼差しで話を聞き続ける。少しでもその思惑が理解できるように、と。

そしてそのように真剣な表情をしているために、ファルマスもまたヘレナが理解しているのだろう、と解釈する。

見事なすれ違いである。

「だからこそ、そなたとの関係が最悪である現状においても、そのような態度をとった……つまり、『月天姫』に対する牽制《けんせい》の意味合いだと思われる」

「……なるほど」

何がなるほど、なのか全く分かっていないヘレナだが、ひとまずそう答える。

さすがにヘレナがどれほど残念な頭をしていようと、皇帝であるファルマスに「分からんからもう一度説明しろ」とはとても言えない。

とりあえず、マリエルがヘレナと仲良くする素振りをシャルロッテに見せることで、何か効果があるかもしれないからやってみただけ、ということは理解できた。

「全く、表も厄介だというのに、裏も厄介なものよな」

「表も？」

「ああ。ノルドルンドめが、また無茶苦茶なことを言い出してきた。あやつに任せていては、国費がどれほどあっても足りぬわ。今はアントンがどうにか防いでくれているが、財務関係に奴の息がかかった者が就任すれば、それこそ国費の無駄遣いに際限がなくなるであろうな」

アブラハム・ノルドルンド相国。

アントンの政敵であり、シャルロッテの後ろ盾。後ろ暗い噂どころか、その証拠すら数多く出ているようだ。

ファルマスも、今は機会を待っているのだろう。だからこそ今は、専横を許す。いずれ、覇王となるために。

ヘレナの力がその一助となれるならば、否はない。

「ヘレナよ」

「はい」

「『月天姫』とは、なるべく距離を置け。後宮より外へ手紙を出す場合は、全て余の手の者により検閲が入るが、『月天姫』は侍従に手紙を持たせてから後宮より出すらしく、検閲を逃れているのだ。後宮への出入りにあたって身体検査は行うが、どういう手際か見つかることがないらしい。『月天姫』からそなたの情報がノルドルンドの耳に入れば、それを政敵であるアントンに対する攻撃材料とする可能性もある」

「……そうなのですか」

驚く。しかし主な驚きは、手紙を出した場合、全てファルマスの検閲が入る、ということなのだが。

ヘレナは特に手紙を書くつもりなどなかったが、ファルマスの思惑についてアントンに漏らすような手紙を書いた場合、もしかすると首が飛んでいたかもしれない。

表向きは、アントンに対しても、ファルマスは愚帝を演じているのだから。

「だが、随分とノルドルンドの専横もなくなった。これも、そなたに感謝だな、ヘレナ」

「どういうことでしょうか？」

「余がそなたを寵愛している、と表で噂が流れ始めたのだ。将来の国母となるやもしれぬ、とすら噂が立っている。そうなればアントンは皇族の縁戚《えんせき》となり、国母の父だ。そのような相手には、さすがにノルドルンドも強く出ることはできぬ」

やっぱり分からない。

政治のあれこれなど、ヘレナには考えても分からないことだ。ならば、ヘレナは何も考えずにいた方が良いだろう。

とりあえず毎日生きてさえいれば、父の役に立てる。それだけでいい。

ファルマスがテーブルの上に置いた空になったグラスへと、ヘレナは新しい酒を注ぐ。

「そなたが来て、まだ間もないというのにな」

「はい？」

「宮廷は、大きく動いておる。このまま、良いように均衡を保っていてくれれば良いのだがな」

ファルマスの微笑み。

だが、どことなく差す影。

それは――そのような均衡が、長くは続かない、と確信しているからか。

「ところで、そなたは飲まぬのか？」

「……酒は、暫く控えようと思いまして」

「ふむ」

そこでにや、とファルマスがどことなく、性格の悪い笑みを浮かべる。

その腹が随分と黒いことは、既にヘレナも知っていることだが――。

「では、余がそなたに酒を注いでやろう」

「――っ⁉」

「それでも飲まぬと言うか？」

酒を注ぐのは、基本的に女の仕事だ。

それをわざわざ、ヘレナのグラスに注ぐなど、ありえない。

そのようなありえない行動を、ファルマスが行おうとしている。

つまり、ヘレナと共に飲みたい、と言っているのだ。

それを拒否するということは、ファルマスの顔を潰すことと全く同じである。

「……お戯れを、陛下」

「余はそなたと共に飲みたいのだがな。そのように気丈な姿を見せるそなたも良いが、酒に呑《の》まれ弱い姿を見せるそなたも愛《う》い」

ファルマスの言葉が、まるで甘い吐息のように、耳でざわめく。

酒も飲んでいないのに紅潮するヘレナの頬に、ファルマスは薄く笑った。

◇◇◇

「ふぁ……」

訪れた朝に、ヘレナは体を起こす。同衾《どうきん》するのも何だかな、とヘレナが遠慮し、寝台はファルマスに明け渡した。代わりにヘレナはソファで眠ったのだが、やはりあまり寝心地は良くなかったために、目覚めたのはまだ陽も昇る前だ。

ファルマスは寝る直前までヘレナに寝台を譲ろうとしたのだが、ヘレナは日中は自由に過ごすことのできる人間だ。だからこそ、日中は宮廷で政務を行わなければならないファルマスこそが寝台で眠るべき、と押し通し、眠ってもらった。最初こそ渋っていたが、やはりファルマスも疲労が溜《た》まっていたのだろう、すぐに眠りに入った。

場合によっては手刀で首をトンと叩いて気絶させるつもりだったのだが、残念ながらヘレナはこれを物語でしか見たことがなく、一度試したヴィクトルには死ぬほど怒られたためにそれ以降やっていない。

「ん……」

軽く、伸びをする。

起きぬけの体は全体的に硬直しており、普段の柔軟性はない。だからこそ、まずヘレナは準備運動から開始した。

体の関節をまず柔らかくし、それから鍛練に入らなければならない。

寝台で皇帝が寝ているというのに、その横で準備運動をしているヘレナ。

しかし残念ながら、皇帝はそんな残念な女の本性に、未だ気付いていない。

準備運動が終われば、まずは腕立て伏せからだ。

昨日、剣を振り続けたために、軽い疲労感が残っている。だが、そのような状態でこそ体を苛《いじ》め抜くことで、より強い筋肉となるのだ。

ファルマスを起こさないよう、声を出さずに腕立て伏せをひたすらに行う。

負荷が欲しいところだが、残念ながらアレクシアはまだ来ていない。

腕立て伏せをある程度終えたら、今度は腹筋。

床へと仰向けに寝て、上体を起こすだけ、というお手軽な運動だ。足を持ってくれる人がいればより楽に行うことができるが、そういう相手もいないヘレナは何の加重もかけずに行う。一日中馬に乗っていられるヘレナの腹筋ならば、この程度は楽なものだ。

そうしているうちに、額に浮かんでくるいい汗。

「は、ぁっ」

終われば、今度は屈伸運動だ。

後頭部で手を組み、ひたすらに体を上下に動かす。主にこれで鍛えられるのは太腿《ふともも》である。馬に乗る際には内腿《うちもも》で挟み込んで、足の動きだけで指示を出さねばならない。だからこそ、足の筋力も鍛えなければならないのだ。後宮がもっと広ければ走りこみもしたいのだが、残念ながら広いのは中庭くらいである。

腕立て伏せ、腹筋、屈伸を全て二百回こなし、いい汗が額から玉のように落ち始めて、ようやく休憩。

水差しの水を飲んでいる途中で、ファルマスが起き上がった。

「む……もう起きていたのか、ヘレナ」

「おはようございます、陛下」

水を置き、まず頭を下げる。それから、別のグラスへと水を注ぎ、ファルマスに手渡した。

ファルマスも昨夜は随分飲んでいたし、少しくらいは残っているだろう。

「どうぞ、水です」

「うむ……すまぬ。余も少々飲みすぎたようだな」

くくっ、とファルマスが自嘲《じちょう》するように、そう笑む。

そんな仕草は、ファルマスという男が皇帝である以前に、十八歳という若い男なのだ、ということを如実に感じさせる。

腹黒で色々と策略を練っているが、実際のところヘレナよりも十歳若いのだ。失礼なことだが、どことなく出来の良すぎる弟のように感じてしまう。

「寝すぎたか……向こうで朝餉《あさげ》を食べてから、宮廷に向かわねばならぬな」

「本日はお忙しいのですか?」

「ああ。来月に、父——前帝ディールの一周忌が行われる。その準備も必要だ。アルメダや三国連合は送ってこないだろうが、諸外国からの弔問の使者も訪れる」

「なるほど」

確か、そんなことを聞いたな、と薄い記憶を呼び覚ます。

後宮に入って以来、色々とありすぎてヘレナの記憶中枢はパニックを起こしている。

「一周忌の式典も、色々面倒なことばかりでな。他国にしてみれば、我が国と懇意にできる好機なのやもしれぬが……ろくに外交も行っていないような国から弔問の使者が来たところで、迷惑なだけだ」

「まぁ、それは……」

ガングレイヴ帝国は、大陸でも最も大国だ。現在はアルメダ皇国と三国連合との二正面作戦を強いられ、それにリファールの動きにも警戒しなければならないが、それでも揺るがないほどの国力を持っている。

恐らくアルメダも三国連合も、自国の有利となる条件での講和をしたいのだろう。そのために戦端が開かれ、現在も尚、最前線では人が死んでいる。ガングレイヴ側の防衛が少しでも手薄になれば戦線を突破して国内に攻め込み、ガングレイヴ側から講和を持ち出させるつもりなのだ。

と、ヴィクトルが言っていた。ヘレナにはよく分からなかったが、とりあえず戦争は続くのだ、と理解した。

「できれば、次の機会はもう少し早く起こしてくれぬか」

「もう少し早く、ですか？」

「ああ。余とて、起きてすぐに後宮を出るような真似はしたくない。できれば、そなたと茶の一杯でも飲んで心落ち着かせてから仕事に向かいたいものだ」

「なるほど……承知しました」

確かに、起きぬけで仕事、というのも辛いだろう。

ならば、ヘレナの朝の鍛練を軽い部分で止めて、それから起こせばいいだろうか。

あとは、ファルマスが仕事に行くまで話し相手になればいいだろう。

「まだ少しは、時間がある。茶を入れてくれるか？」

「はい」

そう言うと思って、水差しの水を入れたとき、ついでに薬缶を火にかけた。

もしもお茶がいらなければ、湯冷ましにすればいいや、くらいだったが。

「ああ……そうだ。今宵は来られぬ」

「そうなのですか？」

「余も来たいのだがな、残念だが、今宵は出席せねばならぬパーティがある。さすがに、他の女と語らった後にそなたの下には来ぬよ」

内心で、ちくりと何か刺すような感覚。

別段、ファルマスが夜にどこで何をしようとも、ヘレナには関係のないことだ。あくまでも見せかけだけは正妃扱いであり寵愛《ちょうあい》している側室であるが、その実はただの話し相手に過ぎない。

ファルマスが他の女と語らおうが何だろうが、ヘレナには関係ないのだ。

「分かりました。またのお越しをお待ちしております」

「……市井の商店のようなことを言うな。余はそなた以外を寵愛するつもりはない。それほど臍《へそ》を曲げるでない」

別に、臍なんか曲げていない。

ヘレナはいつも通りだ。何一つ変わりない。

だというのに、何となく不機嫌そうに見えるのは、きっと見えるだけではないのだろう。

本人に、自覚はないけれど。

「どうぞ、お茶です」

沸いた薬缶の湯からお茶を淹れて、ファルマスへと差し出す。いつも通りのただのお茶だ。

ファルマスはそれを一口、啜《すす》って。

「うむ、美味い」

「ただの安物の茶葉ですよ」

「茶の美味さが、最近やっと分かるようになってな。茶はそのものを楽しむのではなく、誰の淹れてくれた茶を、誰と飲むのかが大切なのだ」

だろう？　とでも言いたそうに、ファルマスはヘレナを見やる。

どうして、そんな悪戯《いたずら》な言葉が、いちいち胸に刺さるのだろう。

まるで、それが嬉《うれ》しいみたいに。

「ありがとうございます、陛下」

「本音を言ったまでよ。さて……では、そろそろ向かうか」

まだ熱いお茶を、ふー、ふー、と冷ましながら少しずつ飲むファルマス。

そんなに時間がないのならば、もう少し冷めたものを出せば良かった、と軽く後悔。

結局、ファルマスは熱々のお茶を、ほんの僅《わず》かな時間で飲み干して。

「ではな、我が『陽天姫』よ」

「はい、陛下」

そして、扉までファルマスの後ろにつき、その姿を見送る。

今まで翻弄《ほんろう》されていたヘレナから、今度は仕返しだ。

ヘレナよりも少しだけ低いその頬へ。

不意打ちに、ちゅ、と己の唇を触れさせる。

「む……」

「仕返しです、陛下」

ふふっ、と笑って、困惑するファルマスの顔を見ながらヘレナは扉を閉め。

そして、恥ずかしさに悶絶《もんぜつ》した。

◇◇◇

ファルマスを見送った後、ヘレナはひとまず日課の鍛練を繰り返し行った。

腕立て伏せ、腹筋、屈伸運動、背筋だ。途中からアレクシアが部屋を訪れたために、アレクシアを背中に乗せて行うことにした。なんとなくアレクシアの目が死んでいる、ということに気付くけれど、その理由は分からない。何か悲しいことでもあったのだろうか。

そして軽い鍛練を終えて、毒味を経て冷め切った朝餉を食べる。せめてもの抵抗に、熱々の茶だけは用意した。

「ヘレナ様、本日は何をされるのですか？」

「……いや、特に何もないな。何か聞いているか？」

「特に先触れはございません。今宵は陛下もお渡りにならないとのことですので、一日自由ですね。何かやりたいことはございますか？」

「ふむ……」

朝餉を咀嚼《そしゃく》しながら、首を傾げる。

基本的にヘレナは、無趣味だ。鍛練や仲間との食事や飲酒は、仕事の延長である。一人で暇を潰《つぶ》し、楽しめるような時間の使い方は持ち合わせていない。

ならば何をするのか。

それは当然。

「よし、一日中鍛練をしよう」

「……ですよね」

何故か、諦《あきら》めたようなアレクシアの顔。やっぱり目が死んでいる。

どうしてそんなにも、悲しそうな顔でヘレナを見るのだろう。

「今日は、中庭は使えるのか？」

「どの側室も、茶会を開くとは聞いておりません。ですので、問題なく使えるかと思います」

「よし、午後からは剣を振ることにしよう」

さすがに、ファルマスから贈られた剣を振るうのに、中庭以外の場所は難しい。

ただ振るだけならば部屋の中でもできるが、剣を振るうならばそれなりに実戦を想定した訓練をしたいのだ。

そして諜報《ちょうほう》員や潜入員であるならばまだしも、戦場における軍人であるヘレナにとって、狭い場所でいかに器用に立ち回るか、の訓練は必要ない。だからこそ、広い空間が必要となってくるのだ。

朝餉を終え、アレクシアが空いた食器を下げてゆく。そして茶を一服してから、ヘレナの鍛練はさらに続くのだ。

今度も同じようにアレクシアを背中に乗せて、同じ運動を繰り返す。

反復こそが力となり、弛《たゆ》まぬ努力こそが力を作る。

ヘレナはそんな信条を盲目的に崇拝している。だからこそ、己の体に鞭《むち》を打つような訓練も、耐えることができるのだ。

そんな風に、アレクシアを背中に乗せた状態でふん、ふん、と腕立て伏せを繰り返し。

ふと、思った。

「そういえば、アレクシア」

「はい？　おやめになられますか？」

「いや、続けるが……少し質問があってな」

「……はい」

少しばかり嬉しそうな声色だったが、ヘレナの答えを聞いてから極端にトーンが落ちた。一体、どのような心境の変化があったのだろう。

まぁふと気付いたのだが、本来ならばもっと以前に疑問を抱いてしかるべきだっただろう。自分の残念な頭に嘆息しながらも、ヘレナは続ける。

「アレクシアは、戦えないのか？」

「わたしが、ですか？」

「ああ。大陸屈指の英雄『青熊将』バルトロメイ様の、腹違いとはいえ妹だろう？　ならば、戦闘能力にも期待できるのではないか、と思ったのだが」

もしもアレクシアに戦う力があるならば、是非中庭での鍛練のときに、共に行ってほしい。

敵を想定した訓練も悪くはないが、やはり想定の中でしかない。実戦こそが己の力を磨き上げるのだ。

だからこそ、そんな一縷《いちる》の望みを抱いて、そう聞いたわけだが。

「……質問に対して答えるならば、戦うことは可能です」

「そうか！　ならば……」

「ですが、不可能です」

「……？」

意味の分からない言葉に、思わずヘレナは首を傾げる。腕立て伏せをしながら。

戦えるのに、戦えないとは、どういうことなのだろう。

アレクシアは、更に続ける。

「ただの女人を相手にするならば、わたしでも立ち回ることはできるでしょう。しかし、ヘレナ様と相対してまともに戦えるほどに、わたしの腕はありません」

「ならば、私と共に鍛練をして磨いていけばいいじゃないか」

「無理です。少なくとも中庭での剣舞を見た限りでは、わたしがどのような得物を持ったところで、ヘレナ様に瞬殺される姿しか想像できませんから」

アレクシアにも、武の心得はそれなりにある。

だからこそ、武の高みに存在するヘレナに相対するには、己では力不足だと分かっているのだ。

そんなアレクシアの答えに、ヘレナは唇を尖《とが》らせる。

できれば、一緒に模擬戦を行えるような相手がいれば、最高なのだが。

「むぅ……」

「ヘレナ様、ご理解ください」

「む？」

「ヘレナ様の強さは、既に人間をやめています」

……。

アレクシアの言葉に、ヘレナは首を傾げる。

決してそんなことはない。『赤虎将』ヴィクトルには十回やって一回勝てば良い方だし、『青熊将』バルトロメイには百度挑んで全敗する未来しか思い浮かばないのだ。加えてグレーディアも強かったし、何より実の母であり元『銀狼将《ぎんろうしょう》』レイラ・レイルノートなど化け物としか思えないほど強かった。

まだまだヘレナの目指すべき高みにいる人物は大勢いる。だというのに、そんなヘレナを人間をやめている、とは何と失礼なことだろう。

と、そこまで考えて気付いた。

ヘレナが例として挙げた先程の四人――全員、人間とは思えないほどの強さだ。

そうか、アレクシアにしてみれば、自分は彼らと同じ評価か、と思って少し悲しくなってきた。

「……」

それ以上は会話をやめ、午前中はひたすらに反復運動を繰り返す。

適度にいい汗が流れてきたところで休憩、といったかたちを繰り返しているうちに、昼食の時間になった。

運動のおかげで腹も空いている。そのためか、冷めてしまっている昼餉《ひるげ》ですら、ヘレナには美味《おい》しく感じた。

その後は、湯浴みを経て動きやすい服に着替え、中庭へ。

当然、右手にはファルマスより贈られた大剣を構えて。

アレクシアは昨日と同じく、ヘレナの剣が届かない位置で見るだけだ。

昨日のように仮想の相手を想定した剣舞ではなく、基本技の繰り返しを行う。

剣での攻撃方法は、主に三つだ。

突く、斬る、払う。

鋭い剣先で、敵の体を突く。

これは最も接敵面積が少なく、防御をされにくい。代わりに、接敵面積が少ないがゆえに、回避をされやすい。

磨かれた刃で、縦に斬る。

重力という一つの要素を追加し、己の膂力《りょりょく》に加速をつけて一気に振り下ろす。当たりどころが悪ければ、人間の体くらいは両断される一撃だろう。ただし、一度振り上げる、という動作が必要であるため、どうしても素早い攻撃はできない。

遠心力と共に、横に払う。

回転力も考えたそれは、飛ぶか蹲《うずくま》るか、もしくは後退しなければ回避することができず、制圧力を考えるならば最も範囲が広い、と考えて良いだろう。ただし、どうしても攻撃の位置関係上、防御をされやすい。

そんな動きの一つ一つを把握しながら、繰り返し、繰り返し振ってゆく。

腕は悲鳴を上げ、両掌は痛みを訴え、汗が滴る。

そんな中で、己の体を苛《いじ》め抜く――それは、あまりにも快感だ。

動きの中で、ふと目を向けたそこに、他の側室がいることもある。『月天姫』シャルロッテなどはこちらを見下す眼差しを向けてくるが、まぁ簡単に受け流せるものだ。ヘレナにしてみれば、シャルロッテはまさに子供でしかない。

だが、疑問なのは『星天姫』マリエルである。

中庭でまるでヘレナの味方であるかのように振る舞ったマリエルから、何度となく渡り廊下からヘレナへと眼差しが送られてきたのだ。その眼差しには、恐怖というよりは憧憬《どうけい》のような、そんな感情が込められているのが分かる。

茶会であれほど脅したのだから、怖がられるのが当然だ。だというのに、マリエルの視線に恐怖が全く見られないのが疑問である。

まぁ、考えていても仕方ない。

互いに後宮の最高位、三天姫である以上、そこに諍《いさか》いが発生するのは仕方のないことだ。良い関係を構築することなど、もう放棄したのでいいだろう。

もっとも、今日だけでマリエルがヘレナを見に来たのは、既に五回なのだけれど。その全て、なんだかねっとりとした視線を感じた。

なんだろう。

マリエルが怖いというわけではないのだが、その視線の意図が怖い。

そんな感じでとっぷりと日が暮れるまで、休憩を挟みながらもヘレナは剣を振り続けた。

「お疲れ様です、ヘレナ様」

「ああ。今日は素晴らしい運動ができた」

アレクシアに渡された手拭《てぬぐ》いで汗を拭《ふ》き取り、ヘレナは自室へと戻る。

そこからはやはり冷めた夕餉《ゆうげ》を食べ、湯浴み。

全てが終われば、寝台に入る。

「おやすみなさいませ、ヘレナ様」

「ん、おやすみ」

明かりを消され、ほんの僅《わず》かの時間と共に疲労感は睡魔へと変わり、ヘレナを襲う。

襲撃者には決して負けぬヘレナであれど、襲ってくる睡魔には勝てた覚えがない。だからこそ身を任せ、夢の世界へ旅立つ。

「んぁ……陛下ぁ……」

すー、すー、と規則正しい寝息と、時折寝言が聞こえてくれば、ヘレナの一日は終わる。あとは、翌日の朝まで目覚めることはない。

脳筋令嬢の脳筋な一日は、こうして終わりを告げる。

◇◇◇

目覚めて、軽い鍛練。

朝餉《あさげ》を食べて、更に鍛練。

昼餉を食べて、もっと鍛練。

夕餉に至り、ようやく休む。

それがヘレナの一日の過ごし方であり、毎日の日課。適度に疲れた体を湯浴みで休め、それから温かな寝台へ入って眠るのが何よりの幸せである。

だが、そんなヘレナの最高の一日を阻むのは、夕餉を終えてから。

ファルマスの訪れである。

「来たぞ、我が『陽天姫』よ」

「お疲れ様です、陛下」

いつものようにやってきたファルマスに、そう挨拶《あいさつ》を返す。

だが、今日はいつものように近衛を二人連れておらず、代わりに連れているのは随分と懐かしい顔だった。

「さぁ、入れよ」

「……あの、陛下。何故このようなものが必要なのでしょうか?」

「余の命に背くつもりか？　詮索《せんさく》をすると言うならば、一族郎党首を斬るぞ」

「め、滅相もございません！」

ファルマスへと意見したイザベルが、慌ててそう頭を下げて、女官へと指示を出す。

彼女らが運んでいるのは、寝台だ。

イザベルの疑問も分かるというものだ。本来、後宮というのは皇帝と側室が色々とする場所である。そしてそのためには同衾《どうきん》するのが当たり前であり、部屋に置いてある寝台は大きめのものだ。

だからこそ、二つ目の寝台が必要な理由など、どこにもない。

だがファルマスはそれをわざわざ運ばせ、部屋の中へと設置する。部屋自体は広いために問題はないのだが、なぜか二つ並べることはなく、もう一つの寝台と直角になるように壁際へと設置された。

恐らく、一昨日《おととい》にヘレナが同衾しなかったことを、気にかけていたのだろう。だからこそ、わざわざこのように寝台を手配してくれたのだ。

「よし。設置が終わったならば早々に去れ」

「陛下、では私もこれにて」

「うむ。足労をかけた、グレーディア。貴様も休むがよい」

「は。承知いたしました」

随分と懐かしい顔——元『赤虎将』にしてヘレナの上官であった男、グレーディア・ロムルス。

筋骨隆々の体躯《たいく》は、戦場から退いた今でも変わっていない。引退して既に五年は経ているというのに、鍛練を欠かしていないのだろう。

できればヘレナとしてはグレーディアと話をしたかったけれど、現在のヘレナはファルマスの側室であり、正妃扱いである。下手に他の男と会話をしては、それは不義密通に繋《つな》がるのだ。

だからこそ、目配せだけする。頭は下げない。

そんなヘレナの目配せに対して、グレーディアはぱちん、と年甲斐《としがい》もなくウインクを返した。

どうやら、性格も変わっていないようだ。

「待たせたな、ヘレナ」

「いえ。問題ありません。寝台の手配、ありがとうございます」

「うむ。先日はそなたをソファで寝かせてしまったようだからな。余としては同衾するのが一番だと思うが、そなたを横に寝かせて何もせぬ自信がない」

肩をすくめながら、そう言ってくるファルマス。

お戯れを、と返すが、割とファルマスの眼差しは真剣だった。こんな女に、どこまで興味があるというのか。

「それに、寝ているそなたに手を出すと、余の体が無事ではすまないだろうからな」

「……申し訳ありません、否定できません」

「そうであろう？　一流の武人は、たとえ寝込みを襲われても対処すると聞く。そなたも一流の武人であるならば、夜這《よば》いなどかけてはこちらの手足が折られよう」

ファルマスの言う通りだ。

たとえ寝ぼけていても、ヘレナは戦う自信がある。そして寝ぼけている以上、それが皇帝だと気付かないかもしれない。

そうなれば、ヘレナは下手をすれば命を奪う可能性もある。

「余としては、それでも抱きたいほどの珠玉なのだがな。残念ながら情勢を考えても、そなたに余が傷つけられてはならぬ」

「いえ……その。私が陛下を傷つけては、それが政敵に利用されるかもしれませんし」

「そうだ。仮にそれが、正妃扱いである『陽天姫』の叛意《はんい》とされれば、アントンも立場を失う。そうなれば、ノルドルンドの専横がますますひどくなるだろう。均衡を保つべきである現在は、そのような迂闊《うかつ》を行ってはならぬ」

ふぅ、と大きく溜息《ためいき》を吐くファルマス。

抱えているのが、国そのものなのだから、その重責はヘレナには想像することしかできない。

だがそれでも、それを支える一助に、ヘレナはなれているのだろうか。

「そういえば、ご一緒されていたのは、グレーディア様ですよね？」

「ああ……そうだ。元『赤虎将』で、そなたの上官だったな」

「はい。当時は『赤虎将』グレーディア様の副官がヴィクトルで、私は補佐官でした。グレーディア様とは引退後にお会いしたことはなかったのですが、陛下のお側に仕えておられたのですね」

「うむ。数少ない、余がこの魔窟《まくつ》で信頼できる者の一人だ」

おお、と心の中だけで快哉《かいさい》を叫ぶ。

グレーディアは、ヘレナも信頼する将軍だ。まさにガングレイヴ帝国を支える八大将軍の一人として相応《ふさわ》しい、絶大な武力と統率力、それに機知に優れた名将だった。

年齢が六十を迎えたために、軍規に従って引退したが、その引退を惜しむ声は多かった。当時、新たに『赤虎将』の座を与えられたヴィクトルなど、その重責に胃を痛めたらしい。

それほどまでの、伝説に残る将軍なのだ。

ファルマスが信用するのも、頷《うなず》ける話である。

「と、いうことは陛下の護衛もされているのですか？」

「ああ。元々、五年前から俺の専属の戦闘教官だ。皇帝という身とはいえ、自衛ができる程度に戦える必要がある。だからこそ、幼い頃からそれなりに訓練を受けてきた。グレーディアは、引退を機に前帝が余につけてくれてな」

「なるほど、グレーディア様ならば間違いないでしょうね」

うんうん、とヘレナは頷く。

ヘレナも何度か訓練をつけてもらったことがあり、その卓越した武力には何度畏怖《いふ》を覚えたか分からない。

とはいえ、『青熊将』バルトロメイのような人間を超越した強さではなく、グレーディアのそれは研ぎ澄まされた人間の強さの極みだ。まさに、ヘレナの目指すべき目標となったのがグレーディアの武技である。

だからこそ、何度も何度もグレーディアに立ち向かい、そのたびに負けたのもいい思い出だ。

「随分と、グレーディアのことを信頼しているようだな」

「素晴らしい上官でした。将軍として、あれほどの名将はそういないでしょう。現在の八大将軍でも、グレーディア様を超える存在はいないと思います」

「……ふむ。それほどか」

「はい。陛下はかのギランド平原での戦いをご存じですか？　当時、エル＝ギランド都市連合が帝国に反旗を翻し、ギランド平原において野戦が行われたのです。その際に、総指揮をとっていたのがグレーディア様でした。その下に『紫蛇将《しだ》』、『金犀将《ごんさい》』、『銀狼将』の三名を従えた、まさに総力戦でした。私もその戦いに参加していたのですが、これが凄《すご》い指揮でした！」

ヘレナは饒舌《じょうぜつ》に語る。

こと戦争に関しては、ヘレナの頭はよく回るのだ。だからこそ、その残念な本性が未だに露見していない。

「東のエル＝ギランド軍と西のガングレイヴ軍が、正面からぶつかりました。当時……確か、エル＝ギランドが六万、ガングレイヴが四万という戦力差でした。だというのに、気付けばガングレイヴ軍がエル＝ギランド軍を包囲していたのです！　グレーディア様は巧みに状況を読み、的確な指示を出して軍を動かし、こちらの方が寡兵でありながらにして包囲をする、という大技を繰り出したのです。この戦いについては、士官が受ける戦術の講義において常に教えられるものであり、軍略の極みと言われて……」

「ヘレナ」

「……はい？」

だが。

目の前のファルマスは。

何故か、不機嫌だった。

「余は誰だ」

「……？　皇帝陛下ですが」

「もう一度問う。余は誰だ」

「ええと……ファルマス・ディール＝ルクレツィア・ガングレイヴ陛下です」

一体何故。

まさか己の名前を忘れた、というわけでもあるまいし。

だが、随分とファルマスの眼差しは真剣だった。

「余のことを、陛下と呼ぶことを禁ずる」

「……へ？」

「分かったな」

何故、そんなことを言うのだろう。

ヘレナはそんなファルマスの意図が、全く分からない。だがつまり、陛下という呼称ではなく、ファルマスという一人の人間として見てほしい、と思っているのだろうか。

まぁ、禁じられた以上は、もう呼ばない方がいいだろう。

「はい、分かりました」

そこで、当然のように呼ぼうとして。

少しだけ、言いよどむ。

別段、恥ずかしいことでもないというのに。

「……ファルマス様」

「うむ。それでよい」

何故かファルマスは嬉《うれ》しそうで。

何故かヘレナは恥ずかしかった。

エピローグ　困惑の『星天姫』

「はぁ……」

後宮──『星天姫《せいてんき》』として与えられた部屋の中で、その部屋の主であるマリエル・リヴィエールは小さく嘆息した。

熱に浮かされているかのように、その視線は虚空を漂っている。目の前のソファに客が座っているという現状でありながら、それは何も変わらない。

そんなマリエルの姿を見ながら、対面のソファに腰掛けている友人──『佳人《かじん》』レティシア・シュヴァリエも同じく嘆息する。

レティシアは、マリエルの悩みを知っている。彼女には全く理解のできない悩みを。

「マリエル様、あまり溜息を吐くと、幸せが逃げると言いますわ」

「お金は逃げないから大丈夫よ」

「そういう問題ではありません……」

レティシアの知るマリエルは、アン・マロウ商会という大商会を実質的に支配している一族の娘だ。少なくとも、一生涯金銭で困窮することはないだろう。

少なくとも財力、という面に関しては、後宮でも並び立つ者がいないほどだ。

レティシアの実家も商売をしているが、あくまでアン・マロウ商会の一取引先に過ぎない。というより、商売をしている限りは決して逆らうことのできない存在——それが、アン・マロウ商会なのだ。

元々、皇帝が即位した際に正妃がいなかった場合、後宮に未婚の娘を入れなければならないのは、伯爵位以上の貴族だ。アン・マロウ商会という巨大な後ろ盾を持つリヴィエール家だが、その爵位は男爵位である。本来ならば、マリエルが後宮に入る必要などない。

だが、マリエルの父は多額の献金をして、貴族位を手に入れるほどに権力への執着がある。だからこそ、マリエルという娘を用いて王族との縁戚《えんせき》関係を結び、将来的には国母の一族として高い地位を得るつもりなのだろう。

マリエルはそんな父の方針に逆らわず、言われるがままに後宮へ入った。

どうせ後宮に入らずとも、権力欲の強い父から、他の貴族との婚姻を結ばれるに決まっている。いい年をした好色親父に下げ渡されるくらいならば、市井でも評判の美形皇帝に嫁ぐ方が何倍もましだ、と思えたのだ。

父は、マリエルのことを自身の権力を上げるための道具くらいにしか思っていないのだから。マリエル自身も、父のことを金の出てくる袋くらいにしか認識していないので、どっちもどっちだが。

「はぁ……」

マリエルはそれゆえに、ファルマス皇帝からの寵愛《ちょうあい》を得なければならなかった。

化粧の仕方や男を誘惑する装いについては、手広く商売をするアン・マロウ商会の一部である娼館に勤める娼婦《しょうふ》に、一通り聞いた。

閨《ねや》での伽《とぎ》なども口頭で教えてもらったが、未だに一度も経験はない。

そんな風に、万全の準備をして臨んだ後宮入りだったというのに、未だファルマスはマリエルに会いに来ない。

そんな折に現れた、隣の部屋――『陽天姫《ようてんき》』の部屋へと入宮した、新たな敵。

ヘレナ・レイルノート。

宮中侯アントン・レイルノートの息女であり、成人してからずっと軍にいた、というために社交界で見たことのなかった相手。情報だけは知っていたが、あくまで元軍人であり、二十八歳の嫁き遅れであることくらいだ。

二十八歳など、現在十六歳であるマリエルからすれば、年増としか思えない年齢だ。

そして何より、ファルマスの年齢は十八歳である。さすがに十も年上の側室など、ファルマスが寵愛することはないだろう、と高を括っていた。

だが、そんなヘレナが初めてマリエルの部屋を訪れたとき。

マリエルは、背筋が震える自分を抑えきれなかった。

圧倒的な存在感。そして服の上からでも分かる、鍛え上げられた体。

そして何より。

その、美しさに。

だが――。

――ええと……『星天姫』様のお部屋に、陛下がお渡りになられたことは、あるのですか？

視線を逸らしながらそう質問されて、ぴんと来た。恐らく、近いうちにヘレナの部屋へファルマスが訪れるのだろう、と。

人は負い目を感じているとき、人と目を合わさないようにするのが本能だ。

きっとヘレナは、二十八歳の自分の部屋へファルマスが訪れる、ということに引け目を感じて、そのような態度を取ったのだろう。

しかし、その事実はマリエルにとって衝撃だった。

マリエルの部屋には一度も訪れていないファルマスが、何故このような年増の部屋に訪れるのだ――と。

苛立《いらだ》ったからこそ、嘘を教えた。

これでヘレナの評価が低くなれば、それだけ他の側室に目を向けてくれるかもしれない、と。

そして、ふむふむ、と真面目に助言を受け取るヘレナを見て、マリエルは嘲笑《ちょうしょう》した。これほどまでに馬鹿か、と。

そんな考えが、茶会にて潰《つぶ》されると知らずに。

ヘレナに、己の立場を教えるために開いた茶会。

だが、まるで申し合わせていたかのように、逆に窮地に追い込まれたのはマリエルだった。

あまりの怒りに紅茶をかけてしまい、しかしそのような行動に対しても、何一つ怒ろうとしなかったヘレナ。

圧倒的な、人間としての違いを思い知らされた。

そして、その帰結は。

――私と戦争をしたいなら、一個大隊くらいは必要だと思いますよ。

そう言って音もなく、マリエルとレティシアの首元に添えられた指。

恐らく、このような首などいつでも手折ることができる、という直接的な脅しだ。

マリエルは震え上がり、命の危機というものを感じて、そして知った。

逆らってはならない。

恐らく、一個大隊を集めたところで、ヘレナは圧倒するだろう。

あまりにも圧倒的すぎる、その武力。

皇帝の寵愛を唯一受けているという立場。

そして何より、その美しさ。

だからこそ。

「はぁ……」

マリエルは、大きく溜息《ためいき》を吐く。

そう、あの日──茶会の終わりに、命の危機に瀕《ひん》して以来。

胸の高鳴りが、止まらないのだ。

「お姉様と呼んでもいいかしら」

「さすがに、それはまずいかと」

「茶会に誘ったら、来てくれるかしら」

「前回、あのような失礼をしてしまいましたからね……」

マリエルは。

その圧倒的な存在に、最早呑《の》まれてしまっていたのだ。

できることならば、今すぐ目の前で跪《ひざまず》きたい。

足を舐《な》めろと言うならば、何の躊躇《ためら》いもなく行う。むしろ喜んで行う。

必要だと言うならば、マリエルに動かせる金を全て集めても構わない。

それほどまでに――マリエルは、ヘレナに心奪われていた。

「もう、『星天姫』なんて返上したいわ」

「それはさすがに……」

「だって、陛下のご寵愛はお姉様のものよ。正妃になるのはお姉様に決まっているわ。あたくしも商人の娘ですもの。売り込むべき商品は、売り込むべき時期にすべきだと思うのだけど」

「まだ決まっているわけではありませんよ。『月天姫《げってんき》』もいますし」

「あんな女がお姉様に勝てるとは思えないわね」

はぁ、と再度嘆息。

恐らく、ヘレナがマリエルに抱いている心証は最悪だろう。

だからこそ、中庭でシャルロッテがヘレナに絡んでいるのを見たとき、急いでマリエルは派閥の者を集め、その助力に向かった。少しでもヘレナの覚えを良く、と胸をばくばく高鳴らせながら向かったのだ。

シャルロッテを口でうまくやりこめて、少しはヘレナの覚えは良くなったと思う。きっと、マリエルの茶会で見せたようなヘレナの智謀があるならば、シャルロッテなど一捻《ひとひね》りだったとは思うけれど。

美しく、強く、そして才知に溢《あふ》れるヘレナ。

そんな相手に、シャルロッテのような身分しか誇るもののない小娘が勝てるはずがない。

「……どうやったら、お姉様とお近付きになれるかしら」

ほぅ、と熱い吐息が、唇から漏れる。

そこに答えなどなく、同席しているレティシアも何も言わない。

むしろ、マリエルのこのような想いは理解してもらえないだろう。

常識的に考えれば、近付かない方が良いのだから。

そこで。

「あ、あの、『星天姫』様」

「何？」

唐突に、先程扉の方に向かっていた侍女が声をかける。

その手に、一枚の羊皮紙を持って。

「あの……扉の下から、このような紙が差し込まれました」

「何かしら？」

「そ、その、よく……意味は分からないのですが」

侍女から、その紙を受け取る。

あまり質の良い羊皮紙ではないだろう。市井で買えるような安物だ。

そんな紙に手書きの、謎の言葉。

「……これは、誰が？」

「い、いえ、分からないのですが……」

「侍女全員で、この紙の差し出し主を探しなさい。あたくしの側仕えは、部屋付きの女官一人残れば良いわ」

「は、はいっ！」

マリエルの指示と共に、雇っている五人の侍女が出てゆく。

そして、マリエルはにやり、と口角を上げた。

「これは……天恵ね」

そんなマリエルの持つ羊皮紙に書かれていた言葉は。

【ヘレナ・レイルノートファンクラブ、『ヘレナ様の後ろに続く会』、会員募集中】

外伝　最前線のシスコン

ガングレイヴ帝国の北方は、三つに隣接した敵国と接している。

北東のダリア公国、中央のムーラダール王国、北西のエスティ王国。国土にしてみればガングレイヴ帝国の十分の一もないほどの小国であるが、しかしこの三国は運命共同体にすらなりえる連合を組んでおり、それゆえに国力で大いに勝るガングレイヴとの戦いが行えている、とさえ言える。

三国連合、と呼ばれるそんな小国との最前線。

ガングレイヴ帝国の武の頂点――八大将軍が一人、『黒烏将《こくう》』リクハルド・レイルノートはエスティ王国との国境にあたるそこにいた。

「ったく……いい加減にしてほしいもんだ」

「全くですね。そろそろこちらも本腰を入れたいのですが」

リクハルドの呟《つぶや》きに、そう小さく返すのは軍服に身を包んだ、童女とも呼べるような姿。

見た目だけで言うならば、まだ十にも至っていないほどだろう。だというのに、冷たく目の前に聳《そび》え立つ砦《とりで》を見る眼差しは、歴戦の将軍たるそれである。

背負う称号たる『銀狼《ぎんろう》』――その色に相応《ふさわ》しい、中天に座する銀月のような長い髪を、ふわりとかき上げる。

そんな彼女こそ、リクハルドと同じく八大将軍が一人――『銀狼将』ティファニー・リード。

「帝都からは、まだ専守防衛って命令か」

「現状、軍全体の統率権は皇帝にあります。陛下から落とせ、と命令が出れば、こちらも戦えるのですがね」

「状況をちゃんと分かってんのかねぇ、あの坊やは」

「さて。我々は命令に従うのみですから」

はぁ、と大きくリクハルドは溜息を吐く。

リクハルドは元々、レイルノート侯爵家という貴族の出自だ。父アントン、母レイラ、そしてヘレナ、アルベラ、リリスという三人の妹を持つ長兄である。

本来、レイルノート侯爵家を継ぐべきはリクハルドだった。そのための教育も受けてきたのだ。

だが――リクハルドが十五を迎えたとき、その選んだ道は軍に入ることだった。

それも全て、かつて八大将軍の一人であった母レイラの血ゆえだろうか。そして軍とは、貴族の出自だとしても何一つ考慮してくれない、完全な実力主義だ。そんな中で、必死に己の武技を磨き、そして統率を学び、数多《あまた》の戦を越えて、気付けばリクハルドは帝国の武の頂点、八大将軍にまで至っていた。

もっとも、それでもまだ、既に没した母に追いつけたとは欠片《かけら》も思えないけれど。

「んで、何の用だティファニー」

「年長者はもう少し敬うべきだと思いますよ」

「まずは見た目で年齢を感じさせろ。そうすりゃちっとは敬ってやらぁ」

けっ、とそう吐き捨てる。

『銀狼将』ティファニー・リード。見た目はどう考えても童女にしか見えない彼女だが、その年齢はリクハルドを遥《はる》かに越えているのだ。どうしてここまで若々しくいられるのだろうか、と何度不思議に思ったか分からない。

恐らく、既に三十過ぎであるリクハルドと並べば、親子にすら見えるだろう。

とはいえ。

ティファニーもリクハルドも、八大将軍の一人である。そして八大将軍は各自、その名を冠した騎士団を率いているのだ。リクハルドは黒烏騎士団、ティファニーは銀狼騎士団を。

そして同一の最前線にいるとはいえ、将軍同士が場所を共にする、というのは滅多にない。軍議の際くらいだろう。

だというのに、ティファニーは何故かそこにいる。

「この見た目は生まれつきですから」

「代々、『銀狼将』ってのは老けない呪いにでもかかってんのか？」

「かもしれませんね。先代も、先々代もそうでしたから」

「けっ。んで、何の用だよ」

歴代の『銀狼将』を思い返しながら、リクハルドは大きく溜息を吐く。

思えばリクハルドの母であるレイラも元『銀狼将』であり、年齢よりも遥かに若かった。よく姉弟《きょうだい》に間違われたくらいだ。

もっとも――その武力は、見た目とは程遠いものだったが。

「ええ。実は少し、最前線を離れなければいけなくなりまして」

「……この状況で、俺一人でやれってか？」

「銀狼騎士団の指揮については、副官のステイシーにひとまず任せています。全体の指揮は任せます」

「おいおい……」

「それから、あなたへの文を預かっています」

「ほう」

ティファニーの差し出す、そんな文を受け取る。

誰からだろう、ヘレナかな、それともアルベラかリリスかな、と少しだけ嬉《うれ》しく思いながらそれを受け取り。

差出人に、『アントン・レイルノート』と実の父の名が書いてあった時点で、興味を失った。

「なんだ……親父からかよ」

「お読みにならないので？」

「どうせいつも通りだ。さっさと除隊して宮中侯を継げ、だろ。親父、まだ俺を諦《あきら》めてねぇらしい」

「普通は、侯爵令息たる者そうであるべきだと思うのですが」

「興味ねぇな。戦場で暴れてる方が楽しい」

戦争馬鹿――リクハルドは、軍の中ですらそう評される。

現在のように膠着《こうちゃく》した戦況であるならばまだしも、平時は軍も帝都に拠点を置くのだ。そして訓練を重ねたり、模擬戦を行ったりして練度を保ちながら、いざというときには戦場へ向かう、というのが普通である。

だが、リクハルドの率いる黒烏騎士団は違う。

平時であっても各地に蔓延《はびこ》る賊の討伐を進んで行い、帝都にいることなど滅多にないのだ。それゆえに、八大将軍の中でも鳥の名を冠した『黒烏将』に就任しているのである。烏が如く各地を飛び回る、という意味合いで。

だからこそ、平時であっても帝都にある屋敷へ帰ることなど滅多になく、彼自身の家は戦場にある、と言ってもいいほどだ。

もっとも。

リクハルドの愛する三人の妹たちが、帰ってきてほしい、と一言文を寄越すだけで、そこが戦場の真《ま》っ只中《ただなか》であれど容赦なく帰るが。

「はぁ……」

落胆しながらも、ひとまず文を開く。

当然ながら、最初はさっさと帰ってこい、から始まっている。もう諦めて、養子の一人でも取ればいいものを。

その後は帝都の近況だとか、国の動きだとか、リクハルドにはあまり理解できないことを長々と書き連ねている。リクハルドは軍略にこそ頭が回るが、しかし難しいことは考えたくないのだ。

しかし、そんな文の最後。

そこに書かれている事実に——目を、見開いた。

「なぁぁぁぁっ⁉」

「ああ、確認しましたか」

「ど、どどど、どういうことだこれはぁぁぁぁっ⁉」

文の最後に書かれていた事実。

それは。

リクハルドの愛してやまない三人の妹——その長女であるヘレナが、後宮に入ったのだ、という一言だった。

「ヘレナが何故後宮に⁉」

「さて。私には政治の機微まで察することはできないもので」

「ふざけんな！　アルベラがドレルのクソ野郎に嫁いで、リリスは隣国に奪われたんだぞ⁉　俺からヘレナまで奪うってのかこの野郎っ！」

「短慮はいけませんよ、リクハルド」

そうティファニーが窘《たしな》めるも、しかしリクハルドは文を握りしめ、そして目を見開く。

リクハルドにとって、誰よりも愛する三人の妹。

アルベラは幼い頃からの婚約者であった伯爵家の嫡男、ドレル・アローと結ばれた。挙式に至るまでに、何度ドレルを闇討ちしようとしたか数え切れない。

リリスは学園に通っていた頃に、隣国ガルランド王国からの留学生と結ばれ、そして隣国に嫁いでいった。何度黒烏騎士団を率いて、ガルランド王国を攻めようと思ったか知れない。

そんなリクハルドにとって、二十八になりながら未だに誰のものにもなっていない、長女ヘレナこそが唯一の癒しだった。

それを奪う――そんなことが、許されるものか。

「これより我ら、修羅に入る！　皇帝なんぞ知ったことか！」

「はいはい。どうせあなたのことだから、そうなるだろうと思ってもう一つあります」

「何だと⁉」

そう言って、ティファニーが手渡してくるのは、もう一つの文。

ふつふつと煮えたぎるほどに怒りに満ちたリクハルドは、そんな文を手に取って。

それから――輝く笑顔と変わった。

「おぉっ⁉」

「妹御のアルベラ嬢からです」

「何でこれを先に渡さねぇんだこの野郎！」

そう声を上げながらも、しかしにやにやと笑いながらであるため何一つ説得力がない。

リクハルドはそんな文を開き、そしてしっかりと見て。

「お、おぉぉぉぉ……！」

そこにあるのは、昔から何度も見てきた、やや丸いアルベラの文字。

ただ一言――『兄様がそのように最前線を守ってくれているから、わたくし達は安心しております』と。

俄然《がぜん》、やる気が溢《あふ》れて気合いが入る。

「アルベラぁーっ！　お兄ちゃんは頑張るからなぁっ！」

「良かったですね」

「妹のためなら俺はいくらでも戦えるっ！」

「では、私はこれで。近衛を連れて帝都に向かいますので、あとはお任せしました」

「任せろやぁーっ！」

ティファニーが背を向け、舌を出したことをリクハルドは知らない。

リクハルドにやる気が見られないときには、とりあえず妹からの文を用意しろ、というのは軍での常識であり、三人いる妹の中でも最も癖のあるアルベラの文字は、真似をしやすいのだ、ということを。

そう。

「……まぁ、知らない方が幸せですよね」

リクハルドの受け取った、アルベラからの文。

それを書いたのが、実はティファニーだとは。

あとがき

初めましての方もそうでない方もこんにちは、筧千里《かけいせんり》です。本作を手にとっていただき、ありがとうございます。

本作は『小説家になろう』というサイトで二〇一五年九月から連載をしていたものの書籍版となります。つい五月にも、『公爵令嬢は騎士団長(62)の幼妻』を出版させていただき、同じようなことを書いた覚えがありますが、相変わらずあまり実感がない現状です。去年の今頃の自分に伝えたところで、「嘘吐くな」と一蹴《いっしゅう》される未来しか見えません。

まさかシリーズを並行して年内に刊行することができるとは思いませんでした。

本作のコンセプトは、『女同士のドロドロとした後宮物語を現役軍人が物理でブッ壊す』です。もっと恰好《かっこう》良く凛々《りり》しい現役軍人でプロットを練っていたはずが、何故か筋トレにしか興味がないアホの子になってしまいました。どうしてこうなった。

思えば激動の一年でした。

私自身が『小説家になろう』でまともに投稿をしたのは、この『武姫の後宮物語』が最初になります。九月から連載を始めて、怒濤《どとう》の勢いでＰＶが伸び、一体これは何が起こっているのか、と理解に苦しむほどでした。

そして編集Ｗさまより書籍化の打診をいただき、そのご縁もあってＫＡＤＯＫＡＷＡさまの新サイトでもある『カクヨム』の立ち上げにおいて、レーベルページでの連載をさせていただくことにもなりました。

気付けば五月に一冊刊行され、八月に本作が刊行され、そして『カクヨム』のレーベルページにおいて連載しておりました『武姫の後宮物語』スピンオフ外伝、『青熊将と恋する若妻』までもが書籍化の打診をいただく、というありえない事態に、何度夢ではないかと疑ったか知れません。多分このあとがきを皆様が見ている限りは夢ではないのだと思います。

次巻ではより濃厚なキャラクターたちが出てまいりますので、引き続きお付き合いいただければ幸いです。


以下、謝辞です。


まずは原稿を提出するたびに「こことここ、矛盾してますよね」「ここおかしいです」「これ、後ろで同じこと言ってますよね」というご指摘を多々くださる、編集Ｗさま。いつも本当にご迷惑をおかけしております。原稿がメールで返ってくるたび、全力でスライディング土下座を敢行しておりますので許してください。

本作に素敵なイラストを描いていただいたｋｙｏさま、ありがとうございました。キャラクターデザインを拝見したときには「ヘレナが形になった！」と飛び上がって喜びました。

そしていつも「趣味に走りすぎ」と苦言を呈してくれる友人Hと、常に「思考回路がおかしい」とディスってくれる友人Yに感謝を。多分一生治りません。

また、いつも出没する喫茶店のマスターMさま、いつもいつも長居しており申し訳ありません。これからも出没します。週四くらいで。

最後に、この本を手にとってくださったあなたに、全力の感謝を！

筧千里

カドカワBOOKS

武姫《ぶき》の後宮物語《こうきゅうものがたり》

平成28年8月15日　初版発行

著者／筧千里《かけいせんり》

発行者／三坂泰二

発行／株式会社KADOKAWA
http://www.kadokawa.co.jp/

〒102-8177
東京都千代田区富士見2-13-3
電話／0570-002-301（カスタマーサポート・ナビダイヤル）
　　　受付時間 9：00〜17：00（土日 祝日 年末年始を除く）
　　　03-5216-8538（編集）

印刷所／大日本印刷

製本所／大日本印刷

Printed in Japan
ISBN 978-4-04-072017-3 C0093

新文芸宣言

かつて「知」と「美」は特権階級の所有物でした。

15世紀、グーテンベルクが発明した活版印刷技術は、特権階級から「知」と「美」を解放し、ルネサンスや宗教改革を導きました。市民革命や産業革命も、大衆に「知」と「美」が広まらなければ起こりえませんでした。人間は、本を読むことにより、自由と平等を獲得していったのです。

21世紀、インターネット技術により、第二の「知」と「美」の解放が起こりました。一部の選ばれた才能を持つ者だけが文章や絵、映像を発表できる時代は終わり、誰もがネット上で自己表現を出来る時代がやってきました。

UGC（ユーザージェネレイテッドコンテンツ）の波は、今世界を席巻しています。UGCから生まれた小説は、一般大衆からの批評を取り込みながら内容を充実させて行きます。受け手と送り手の情報の交換によって、UGCは量的な評価を獲得し、爆発的にその数を増やしているのです。

こうしたUGCから生まれた小説群を、私たちは「新文芸」と名付けました。

新文芸は、インターネットによる新しい「知」と「美」の形です。

2015年10月10日
井上伸一郎

公爵令嬢の
嗜《たしな》み
バッドエンドから始まる、
公爵令嬢の逆転劇――!!
澪亜 Reia
Illustration／双葉はづき
四六単行本
カドカワBOOKS
「これって乙女ゲームのエンディングシーン？」前世の記憶が甦ったのは、床に押さえつけられた公爵令嬢（私）が婚約者の王子に婚約破棄をされる場面。設定通りだと、この後は教会に幽閉というバッドエンドで――!?
1~2巻好評発売中!!

コワモテ将軍と
ドジっこ若妻の、
甘……くない
新婚物語!?
無料小説投稿サイト「」カクヨム発!!
WEBで大好評連載中
詳しくは
青熊将と恋する若妻
検索

青熊将と恋する若妻

なんか変なのが嫁に来た。

著者◆篁千里　イラストレーター◆東条さかな

2016年9月10日(土)
カドカワBOOKSより発売予定!!

WEBでは読めない
書き下ろしエピソードを
大幅追加!

STORY

ガングレイヴ帝国の武の頂点と言われる八大将軍が一人、『青熊将』バルトロメイ・ベルガルザード。彼は生まれついての凶相のせいで四十に至った現在まで、妻を持つことがなかった。
そんなバルトロメイがある日迎えた少女、フランソワ。
掃除をさせれば壺を割る。料理をさせれば消し炭が並ぶ。洗濯をさせればボロ布が出来上がる。ただし元気と夫を愛する気持ちだけは百点満点——そんな不器用な若妻と、翻弄される将軍の、山あり谷ありな新婚ラブコメディ!

カドカワBOOKS　四六単行本

46歳差!?
恋愛初心者の騎士団長を
攻め落とします!
カドカワBOOKS
四六単行本

元令嬢様の華麗なる戦闘記
捨てられた〝悪役令嬢〟の
大逆転劇!
夢猫
PRESENTED BY YUMENEKO
伊藤明十
ILLUSTRATION:AKITO ITO

仲間と共に、
祖国を
奪還せよ！
異世界からきた“聖女”の企みにより国を追放された公爵令嬢シルティーナ。二年後、隣国のギルドに渡り二つ名を持つほどの冒険者となった彼女のもとに、ある依頼が届き――。
元令嬢様の祖国奪還の旅がはじまる！
四六単行本
カドカワBOOKS

これはきっと、恋じゃない
ある日、異世界の聖女が召喚されて。
異世界の聖女に、立場も、婚約者も奪われました。
カドカワBOOKS
四六単行

著 はなぶさ
画 黒瀬來華
「聖女様とアルファド様は、お似合いね」かつて、彼と婚約していたのは、私だった。今はただの下働きである私の……。　異世界からの聖女召喚が成功したと聞かされたとき、私は礼拝堂で祈りを捧げている最中だった。聖女候補として神殿に引き取られて早十数年。私の人生は全て、聖女になる為のものだった。ついに私も、お払い箱か——。
そう思っていた。なのに。「俺を望むことを、あきらめないでくれ」なぜ、貴方がそれを言うの？　幸せを願わずにはいられない純愛物語！

教えて！
誰にでもわかる
異世界生活術
1～3巻
好評発売中
!!!!

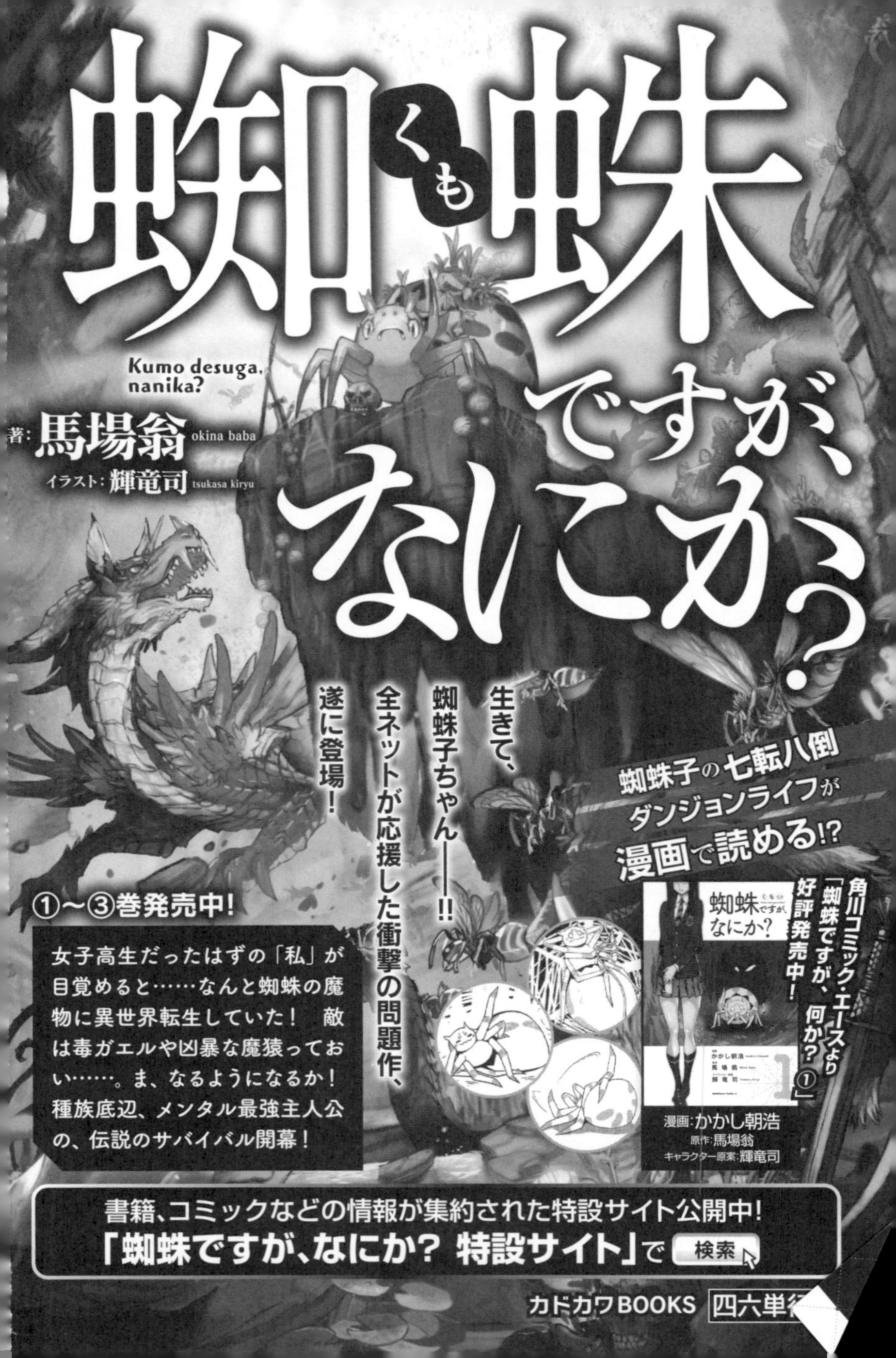

蜘蛛《くも》ですが、なにか？
Kumo desuga, nanika?
著：馬場翁 okina baba
イラスト：輝竜司 tsukasa kiryu
生きて、蜘蛛子ちゃん――!!
全ネットが応援した衝撃の問題作、
遂に登場！
蜘蛛子の七転八倒
ダンジョンライフが
漫画で読める!?
角川コミック・エースより
「蜘蛛ですが、何か？①」
好評発売中！
蜘蛛ですが、なにか？
漫画：かかし朝浩
原作：馬場翁
キャラクター原案：輝竜司
①～③巻発売中！
女子高生だったはずの「私」が目覚めると……なんと蜘蛛の魔物に異世界転生していた！　敵は毒ガエルや凶暴な魔猿っておい……。ま、なるようになるか！　種族底辺、メンタル最強主人公の、伝説のサバイバル開幕！
書籍、コミックなどの情報が集約された特設サイト公開中！
「蜘蛛ですが、なにか？ 特設サイト」で 検索
カドカワBOOKS 四六単行